Autoren-Spiegel

Simon Keller, Jahrgang 1966, Vermögensberater, Familienvater und mit einem unruhigen Geist ausgestattet.

Mit meiner Frau und den beiden Söhnen wohne und arbeitete ich an den Ausläufern des schönen Spessarts mit Blick auf das Maintal.

Sein Berufsleben führte mich von einer Lehre als Technischer Zeichner über eine Technikerausbildung im nahen Aschaffenburg zur Selbständigkeit.

Als Autor trat ich mit meinem Erstlingswerk mANnSICHTSSACHE in Erscheinung.

Danken möchte ich meiner Familie und den Freunden, die zu mir halten.

Danke auch meinen Probe-Leserinnen Kerstin und Maria und an alle, die mich beim Fertigstellen dieses Buches unterstützt haben.

Und natürlich danke ich Ihnen, dass Sie mein Buch gekauft haben.

Ich hoffe, es gibt Ihnen etwas Freude, Trost, Mut und Zerstreuung in einer schweren Zeit!

Simon Keller

Nebelhirn

„Wenn jeder Weg der Falsche scheint…“

Autor: Simon Keller

Verlag: tredition GmbH
ISBN: 978-3-8424-1238-5
Printed in Germany

Du doch nicht!

Das war mein erster Gedanke, als ich die Diagnose erfuhr. **Burn Out**. Hört sich an, wie eine Modekrankheit. Belächelt und bestenfalls geduldet in unserer „du musst immer funktionieren" Gesellschaft.

Meine Psychotante ging noch einen Schritt weiter. **Schwere Depression!**

Mein zweiter Gedanke war: Was denken jetzt die Anderen von mir?

Wenn ich mein Bein gebrochen hätte, dann wäre jedermann klar, dass ich ernstlich krank bin. So ein Gips ist dann etwas Feines.

So einen Gips wünsche ich mir gerade, denn noch habe ich Probleme, mir selbst zu erklären, dass ich wirklich krank bin und sich mein Leben wohl völlig ändern wird. Wie also soll ich das meinem Freunden, Bekannten, Kollegen und Kunden klar machen.

Ist ja kein Beinbruch. Das trifft es wohl gut. Denn während mein Leben gerade in seine Einzelteile zerfällt, habe ich plötzlich Angst, dass sich viele ungläubig, skeptisch oder kopfschüttelnd von mir abwenden. Es ist wie ein Stigma, das nun an mir haftet. Depressiv!

Was mir noch hilft, ist mein Humor. Lachen ist die beste Medizin.

Und so beschließe ich, eigennützig zu allererst für mich, meine Reise über die Fahrt auf dem psychischen Ozean nieder zu schreiben. Unbekannte Gewässer, Untiefen, Monster und Gefahren wie einst dem Odysseus werden mir begegnen.

Meine einzige Waffe: Ganz viel Humor!

Alle bisherigen Bücher zu diesem Thema haben mich schon im Vorwort deprimiert. Wenn das eigene Leben zerbröselt, dann ist Humor und eine satirische Sichtweise allemal besser, als sich durch die Krankheit in die Ecke werfen zu lassen.

16.11.2010. Der Anfang vom...

Gestern ist es eine Woche her, seit dem ich bei meiner Hausärztin war.

Vorangegangen war eine durchwachte, katastrophale Nacht. Meine Gedanken kamen nicht zur Ruhe, ich zitterte, schwitzte, bekam keine Luft mehr und dachte nun, dass das Ende nahe sei. Das Schlimmste war aber, dass ich, glaubend einen Herzanfall zu haben, neben meiner schlafenden Frau lag, und sie nicht weckte. Es war mir in diesen bangen Stunden egal, ob ich nun sterben oder weiterleben würde! Das ist das eigentlich Beängstigende daran. Jetzt war ich doch endlich erschrocken genug, um am nächsten Morgen umgehend meine Ärztin aufzusuchen.

Ich glaube, dass ich diesen unausweichlichen Termin schon länger vor mir hergeschoben habe.

Warum ich erst jetzt, erst nachdem mein Körper mit einem Zaunpfahl heftig winkend auf mich einschlägt, diesen Schritt gegangen bin?

Erklärungsversuche:

-Typisch Mann eben! Männer sind da viel nachlässiger als Frauen. Solange es geht, wird weitergemacht… manchmal zu weit.

-Aus Angst vor dem, was die Ärztin findet oder finden könnte. Bei mir hat sich ein Spruch eingeprägt, der das gut beschreibt… „Du gehst gesund ins Krankenhaus und kommst krank nach Hause. Die finden etwas, irgendetwas … wie beim TÜV."

-Angst vor den Konsequenzen daraus. Job, Geld, Ansehen. Zweifel an dem ganzen „Psychogequatsche"! Ja, damit hab ich meine Probleme. Die Grauzone zwischen esoterischem, tandrischen Tanzen und wirklichem Heilen ist fließend und für mich nicht zu durchschauen.

-Aus Angst, wie es weitergehen soll, wenn ich nicht mehr funktioniere. Bisher hab ich ja immer alles selbst geschafft. Und nun bedeutet das, was ich schon länger ahnte, aber geschickt ignorierte, dass dem nicht mehr so ist. Für einen wie mich, ist es ungewohnt und schwer.

Aber nun sitze ich hier und gehe im Geiste noch einmal den Arzttermin durch. Keine drei Sätze brauchte ich zu sagen und bekam zu hören, „Das wundert mich nicht".

Weitere zehn Minuten später, nachdem ich wohl zum aller ersten mal jemandem meine Gefühle und Ängste erzählt habe, war klar, mein Akku ist leer und wird sich auch von alleine nicht mehr füllen.

Übermorgen steht der Termin bei einer Psychologin an.

Meine Ärztin meinte, dass ich auf alle Fälle zur „Kur" in eine Klinik müsse. Und eine fachärztliche Bescheinigung einer Psychologin würde die ganze Prozedur wohl beschleunigen.

Die letzten Tage waren gefühlt wechselhaft. Das trifft es ganz gut. Ich pendelte zwischen „aufgekratzt und sinnentleert".

Sorgen mache ich mir vor allem um die finanzielle Zukunft. Aber das mache ich schon immer. Seit 12 Jahren bin ich nun also Vermögensberater. Habe 1998 meinen Job als Maschinenbautechniker an den Nagel gehängt, als meine Frau mit unserem ersten Sohn schwanger war. Mutig oder doof? Das ist hier die Frage!

Anfangs gelang mir im neuen Job alles. Kundentermine, Vertragsabschlüsse, Mitarbeiteranwerbung, Kinder, Hausbau.

Alle klopften mir auf die Schulter und sollten erst einmal Recht behalten. „Du kannst das. Dir liegt so was. Du bist der Typ dafür!" Dann der Crash. Zuerst der Börsencrash im März 2000, dann fliegen Flugzeuge in Hochhäuser, später hören alle meine Mitarbeiter auf. Und jetzt 2008/2009 die schlimmste Krise nach dem Krieg, weil irgendwelche Halbhirnis die Taschen nicht voll genug bekommen. Mitten drin ich, in einer Sinnkrise.

Wie alles dazu kam, dass ich nun hier sitze und die Trümmer meiner Gesundheit in Händen halte, das beschäftigt mich nun gefühlte 25 Stunden täglich.

Ab und zu stehe ich vor der Glasvitrine in meinem Büro, betrachte die Auszeichnungen und Pokale der letzten Jahre. Aus purem Spaß war ich nicht mit Vollgas unterwegs gewesen, sondern weil die Bank jeden Monat die Darlehensrate will. Die Nebenkosten, Versicherungen, Bürokosten und Leasingraten addieren sich zu einer Summe, die jeden Monat immer wieder aufs

Neue verdient werden muss. Dann kann es plötzlich passieren, dass nach 12 Jahren guten Umsatzes der Dispokredit der Hausbank gekündigt wird. Jeder Angestellte im Lande, mit einem geringen aber geregelten Einkommen und einer Kündigungsfrist von 4 Wochen, bekommt die Kreditangebote nachgeworfen. Was wäre das Land aber ohne die Wahnsinnigen, die sich auf eigenes Risiko in die Selbständigkeit trauen?

Als Lehre aus diesen persönlichen Erfahrungen und den Geschehnissen im Vorfeld der Finanzkrise habe ich für mich beschlossen, dass gierige Banker das größte Übel seit Pest und Cholera auf diesem Planeten sind. Mit im Boot sind profitgierige Manager, korrupte Politiker und Aufsichtsorgane, die nichts sehen weil die Augen mit Euroscheinen zugeklebt sind.

Natürlich gibt es auch Ausnahmen. Auch in meinem Berufsstand gibt es solche und solche Berater. Oh ja! Aber ich ändere das Gesamtsystem nicht. Es hat lange gedauert, aber nun wird es mir immer klarer…

20.11.2010 Simulanten-Tante

Vorgestern war der Psycho-Tag. Meine Frau und ich machten die Kinder für die Schule fertig, und fuhren mit bangem Herzen zum vereinbarten Termin. Um uns den Tag noch etwas „kuschelig zu machen“, gingen wir erst einmal zum gemeinsamen Brunchen in ein schönes Cafe` am Marktplatz.

Dann, noch 20 Minuten Zeit habend und maximal 5 Minuten Gehweg vor uns, zogen wir los.

Es ist auch im gemütlichsten Cafe` nicht schön, wenn man gleich seine Seele von einer Psycho-Tante seziert bekommt. Daher machten wir uns viel zu früh auf den Weg.

Vorbei an Schaufenstern schlendernd, deren Inhalt keiner von uns wahrnahm, sprachen wir Worte, die keiner richtig hörte. Wie durch Watte stolperten wir beide unaufhaltsam der dunklen Pforte der Arztpraxis entgegen. „Zur Schlachtbank führen“, das war die richtige Bezeichnung für die ganzkörperlich vorherrschenden Gefühle.

Nun standen wir vor der Praxistür und klopften an. „Einmal Gehirnspülung, bitte."

Das dachte ich noch während wir eintraten.

„Privat versichert?", fragte die freundliche Empfangsdame auch gleich nach den Begrüßungsfloskeln. „ Klar, privat versichert. Wünsch dir was", hämmerte es in meinem Schädel.

In einem lieblos eingerichteten Wartezimmer mit alten und quietschenden Billigplastikstühlen saßen wir dann.

„Gott sei Dank ist keiner sonst da", dachte ich, und meine Frau sagte es im gleichen Moment.

Ihr sah ich auf 200 Meter an, dass sie sich nicht sonderlich wohl fühlte.

Tatsächlich war ich erleichtert, dass niemand sonst noch im Wartezimmer saß, der mich evtl. entfernt kannte. So etwas spricht sich doch herum wie ein Lauffeuer.

„He, hast du schon gehört? Der Simon hat ne Macke!" Ich denke, es ist durchaus nachvollziehbar, solche Gedanken zu haben.

Das nun aber vor mir liegende Gespräch benötigte jetzt wieder meine Aufmerksamkeit. „ Was will sie wissen? Ist sie nett? Versteht sie mich?"

Dann kam das herbeigesehnte „der Nächste bitte" und wir gingen Hand in Hand in das Behandlungszimmer.

Wie soll ich die Psychologin mit wenigen Worten treffend umschreiben?

Äußerlich erinnerte sie mich an Vera F. Birkenbiehl. Die Motivationstante hatte ich schon im Fernsehen gesehen. Das musste ihre böse Zwillingsschwester sein.

„Ist das Ihre Frau und darf sie hier mit herein?" Das war mein „welcome" im Reich der Psychosen. „Ja" und „natürlich" stammelte ich verwirrt. Dabei fragte ich mich, ob das denn nicht offensichtlich sei, wenn ich Hand in Hand mit ihr hereinkomme!

Kaum saß mein Hintern auf dem unbequemen und knirschenden Holzstuhl aus den 60er Jahren des vergangenen Jahrtausends, ging es im Stakkato-Takt weiter. Die Brille tanzte vorn auf Ihrer Nase, während die Dame Papier und einen Stift bereitlegte. Ohne Augenkontakt zu mir kam die Frage "Warum sind sie hier?"

Darauf gab es ja wohl keine Antwort in drei Sätzen. Dass ich ihr das so sagte, weckte anscheinend ihre Neugierde.

„Na, dann geben sie sich mal Mühe!"

Zumindest schaute sie mich jetzt an. Die Vorgeschichte bei meiner Hausärztin wie eine Standarte vorweg tragend, berichtete ich mit gewollt gefasster und neutraler Stimme davon, was mich bedrückte.

„Sind sie verheiratet?", war dann ihre nächste Frage, die alles bisher Gesagte ignorierte.

„Jaaa", stammelte ich diesmal etwas ungehaltener und zeigte mit dem Finger auf meine Frau. „Da sitzt sie doch!"

Ab diesem Zeitpunkt hatte ich das Gefühl bei einem hochnotpeinlichen Verhör ohne Möglichkeit zur Flucht zu sitzen.

Simulant. Das war das, was sie uns beide spüren ließ. Und dass sie der Profi sei und ich erst einmal sofort Tabletten nehmen müsse. Sie hätte auch nichts gegen halbwegs informierte Patienten. Mit diesem Satz wischte sie meine Bedenken hinsichtlich Psychopharmaka und deren Nebenwirkungen weg. Ich könne ja gerne mal im Internet schauen. „Sie müssen schon etwas von dem annehmen, was ich Ihnen sage!“ Ihr Monolog ging weiter.

Mein Mund formulierte nun fast selbstständig Gegenargumente, die ich Ihr entgegenschleuderte. Erst freundlich und höflich. Dann immer unwilliger und böse. Unser Gespräch verlief am Rande einer totalen Kollision.

Anscheinend war Frau Doktor bisher von Ihren Patienten keine Widerworte gewohnt. Vielleicht ließ sie sich deshalb zu einer kurzen Erklärung herab „Synapsen, Botenstoffe, Synapsenspalten, Rezeptoren und falsche Signale.“ Was sich anhörte wie Enterprisetechnologie, war nichts weiter als Arztsprache. Eigentlich erwarte ich von einem Profi, dass er schwierige Sachverhalte einfach erklären kann. Ich bin ja kein Arzt und außerdem ein Mann. Wie soll ich da so was auf Anhieb verstehen.

Ihr einziger guter Rat an diesem Tag war, dass ich in meinem Zustand keine Entscheidungen treffen solle.

Zu spät. Meine Entscheidung zu meiner Hausärztin zu gehen, setzte gerade eine Maschinerie in Gang, deren Auswirkungen gerade in Frauengestalt vor mir saßen. Die Entscheidung war bereits getroffen. Und es war mit die Schwerste meines bisherigen Lebens.

Mehrmals versuchte ich ihr, meine berufliche Situation zu erklären. Wenn ich mich nun behandeln lasse, dann mache ich mein Geschäft kaputt. Wenn ich es nicht tue und weiter arbeite, dann mache ich mich kaputt.

Das von mir Gesagte prallte aber anscheinend an der Dame ab, als hätte sie einen Schutzzauber von Professor Dumbledor um sich herum.

Eigentlich konnte sie meine Probleme auch nicht lösen. Aber ein wenig Verständnis oder das eine oder andere tröstende Wort hätte ich an diesem Tag sehr gut gebrauchen können.

Wie benommen taumelten wir beide dann später wortlos durch die Altstadt zurück zu unserem Auto.

Darin sitzend schossen die Tränen aus meiner schluchzenden Frau. Das war nicht das Einzige, was an diesem Tag noch aus uns heraus brach. Nach Verzweiflung kamen auch noch Wut, Angst, und Entsetzen. In der folgenden Nacht übergab sich meine Frau mehrmals.

Männer verarbeiten so was anders. Ich joggte mir die Lunge aus dem Körper um die kleinen, wütenden Botenstoffe in meinem Blut müde zu machen. Es gelang halbwegs.

So also verlief der erste Kontakt mit der Welt der Psychmaten. Eine Mischung aus Psychologen und Schwachmaten.

Wie ich mich fühle? Ausgeliefert.

20.11.2010

Heute ist die fachärztliche Bescheinigung der Psychotante gekommen. Mit dieser Diagnose und der detaillierten Beschreibung sollte doch einem „Kuraufenthalt" nichts mehr im Wege stehen. Dachte ich.

Gedanken sind Kräfte. Diesen Spruch kenne ich noch von diversen Motivationsseminaren.

Na, da habe ich wohl nicht fest genug gedacht, weil drei Tage später die Ablehnung meiner Krankenversicherung kam.

Auch hier war eine detaillierte Begründung verfasst, die mich spontan und reflexartig einen Brief an meine Fachärztin schreiben ließ.

Nun begann ein Pingpong-Spiel zwischen Fachärztin auf der einen und Krankenversicherung auf der anderen Seite.

Dazwischen flitzte ich als Ball hin und her.

Nachdem noch einmal die eigentlich identische Diagnose mit Nennung der selben Klinik als Antwort ärztlicherseits kam, und ich dieses Schreiben wiederum an die Versicherung schickte, erhielt ich wiederum einige Tage später ein identisch lautendes Ablehnungsschreiben. Upps. Das hätte mich auch gewundert, wenn die Sachbearbeiterin nun plötzlich und freudig dem zugestimmt hätte, was sie zuvor rundum abgelehnt hatte.

Irgendwie fühlte ich mich nicht nur verkohlt. Das ganze Zeugnisgeschreibsel kostete ja mein Geld. So etwas lassen sich die Damen und Herren in weißen Kitteln jedes Mal in Rechnung stellen.

Nein. Ich fühlte mich schlicht und ergreifend verarscht. Gut, dass dieses Gefühl bei mir immer eine motivierte Gegenbewegung hervorruft. Actio gleich Reactio. Das wussten schon die alten Griechen.

„Sachlich bleiben, Simon!“ Das murmelte ich ununterbrochen wütend vor mich hin, als ich nochmals einen geharnischten Brief an meine psychosomatische Klempnerin schrieb. Darin wies ich sie höflich aber bestimmt darauf hin, dass es wohl wieder zu einer erneuten Ablehnung führen würde, sollte sie erneut (und auf meine Kosten) die identische Klinik vorschlagen.

Da wir ja im Computer- und Internetzeitalter leben, „googelte“ ich einige Kliniken und hängte die Ausdrucke als Vorschläge an meinen Beschwerdebrief.

„Nun mal warten, ob das was nützt“, dachte ich, als ich den Brief entnervt einwarf.

08.12.2010

Momentan erinnere ich mich selbst sehr an den Esel aus den Winnie-Puuh-Filmen, die ich früher mit meinen beiden Jungs angeschaut habe. Immer verdrießlich, sich über nichts freuend.

So, wie der grummelige Grantelbart seinen Zeichentrickfreunden, gehe ich meiner Familie wohl gewaltig auf den Wecker. Ab und zu schaltet sich dann mein Humorzentrum wieder ein und produziert, zumindest für mein Verständnis, lustige Gedanken.

Das war auch heute Morgen beim gemeinsamen Frühstück mit meiner Frau so gewesen. Im Radio dudelte das traurig-schöne Lied „Fields of Gold“, während ich meinen Kaffee zu Tode rührte.

„Das ist ein schönes Lied, um sich die Pulsadern aufzuschneiden!“.

Die bösen und erschrockenen Blicke meiner Frau hatte ich natürlich verdient. So etwas sagt man ja auch nicht ohne Vorwarnung.

Aber gerade morgens liegt der graue Schleier des Grübelns wie Blei auf meiner

Seele. Und ich empfand das, was ich sagte als passend. Nicht, dass ich mich jetzt auf die Suche nach Rasierklingen machen würde. Nein, natürlich nicht. Es war ja mehr im „Konjunktiv“ gemeint. Also, wenn ich würde, dann täte dieses Lied passen können.

Einen Teil der düsteren Gedanken schiebe ich auch auf die Tabletten. „Die müssen sie nehmen“, höre ich immer noch meine Psychmatin sagen, und weiter von Botenstoffen, Synapsentransmitterspalten und sonstiger Außerirdischentechnologie orakeln. Anscheinend habe ich alle Nebenwirkungen, die auf den langen Beipackzetteln stehen. Alle, außer „Großflächige Blutungen“ und „Gewichtsabnahme“.

Das hätte ich mir aber gewünscht. Natürlich nicht die Blutungen. Nee, das mit der Gewichtsabnahme. Meine sieben Nichtraucherkilos sitzen seit gut vier Jahren lächelnd auf meinen Hüften und weigern sich standhaft, zu verschwinden.

Wo wir gerade so nett über „standhaft“ sprechen.

Das mit dem Libidoverlust steht ganz oben auf dem Beipackzettel. Diese Veränderung wurde von mir erst nicht bemerkt, dann ignoriert und jetzt akzeptiert. Die Augen-Neandertalergehirn-Bilder-Verknüpfung ist irgendwie offline.

Ich sehe beispielsweise einen herrlichen, weiblichen Knackarsch in einer Unterwäschewerbung. Das Hirnareal, wo die meisten Männer und auch ich Bilder von Knackärschen und die dazugehörigen Emotionen gespeichert haben, springt auch sofort an. „Verbindung steht“.

Aber dies führt momentan nicht mehr zum sofortigen Wunsch nach Kopulation und sonstiger Erleichterung.

Es ist, als ob du alte Urlaubsbilder betrachtest. Du erinnerst dich daran, dass es ein schöner Urlaub war und ein grobes Gefühl von Strand, Sonne und Wohlbefinden stellt sich ein. Eventuell kannst du sogar noch einen Nachhall des Duftes der Sonnenmilch reproduzieren.

Dann aber blätterst du lächelnd die Seite des Albums weiter.

Wissend, dass Knackärsche und alles damit zusammen hängende etwas Schönes sind, buche ich dennoch nicht gleich einen Strandurlaub….oder so.

29. und 30.12.2010

Was für ein Tag. Gestern wusste ich noch nicht, dass ich heute hier in der Klinik sein würde.

Meine Krankenversicherung schickte mir vor einigen Tagen eine Kostenzusage. Hurra! Also sofort mit der Klinik im Schwarzwald telefoniert. Leider waren dort alle Plätze belegt. Die Klinik verfügt aber über noch ein Haus im Weserbergland. Da könnte ich sofort hin. Sofort bedeutet am 30.12. quasi, alles für Silvester geplante über den Haufen zu werfen und sich für mehrere Wochen von der Familie zu verabschieden. Vorher telefonierte ich aber mit meiner Krankenversicherung, da ich alles richtig machen wollte!

„Die Klinik dort sei ebenfalls genehmigt", so die Aussage der Sachbearbeiterin. Auf meine Nachfrage, welche Leistungen ich selbst zu zahlen hätte, erhielt ich die Antwort, dass nur Einzelzimmer und Chefarztbehandlungen, sofern extra berechnet, nicht übernommen würden. Auf meine nochmalige Nachfrage, ob mit dem Tagessatz der

Klinik auch alle anderen Kosten beglichen wären, erhielt ich ein eindeutiges „Ja".

Schnell der Klinik zugesagt, Koffer gepackt, Ticket für die Bahnfahrt gebucht und hektisch durch die Wohnung gehüpft.

Die Kinder und meine Frau waren natürlich traurig, dass ich zu Silvester nicht da sein würde.

Am 30.12. sprang ich mit einem Monsterkoffer und einem Rucksack in den Regionalzug. Nach einer siebenstündigen Bahnfahrt stieg ich dann in Rinteln aus. Während du sieben Stunden in einem ratternden, rollenden Metallkasten sitzt und draußen die Gegend an dir vorbeizieht wie dein Leben, kommen alle möglichen Gedanken hoch. Auch die Unangenehmen. Wie alles soweit kommen konnte. Ich, der starke, fitte, erfolgreiche, strahlende, witzige Typ, sitze hier und habe jämmerliche Angst vor dem Morgen und dem Übermorgen. Und Gedanken daran, ob ich früher hätte die Notbremse ziehen sollen? Also nicht hier und jetzt im Zug, sondern in meinem Leben. Da ich wahrscheinlich nicht wie Jemand in blendender Urlaubsstimmung aussah, ließen mich die Mitreisenden glücklicherweise in Ruhe grübeln. Irgendwann endet auch für den plattgesessensten Hintern jede Reise. Aussteigen und mit dem Taxi in die Klinik. Gedanklich schloss ich für lange Zeit mit dem normalen Leben da draußen ab.

Ich wurde im Kliniktrakt für Neuankömmlinge einquartiert. Das ist so eine Art Quarantäne bis sie wissen, ob du tageslichttauglich bist und frei unter die restlichen Passagiere der MS Depri gelassen werden darfst.

Nach dem Erstgespräch, der Voruntersuchung und dem rituellen „ins Becherlein pinkeln" saß ich dann in meinem Übergangsquartier für die ersten Tage.

„Packen sie nicht alles aus!", sagte die freundliche Schwester noch zu mir. Meine wichtigsten Habseligkeiten nahm ich aber doch aus dem Koffer, setzte mich an den Schreibtisch und füllte gewissenhaft die unzähligen Fragebögen aus.

So müssen sich die Neuen beim Grundwehrdienst fühlen. Allein und fern der Heimat. Die aufkommenden Wehmutsgedanken pumpte ich mit einer extralangen

Liegestützenschicht fast wieder weg. Dann duschen und ab ins Bett.

31.12.2010

Wie mir gesagt wurde, wartete ich in meinem Zimmer auf das Abholkommando in Gestalt der Ärztin. Nach dieser grauenvollen Nacht lümmelte ich also wartend in meinem Zimmer und verpasste schon langsam die Frühstückszeit.

Irgendwie gelang es mir dann doch noch einen Happen zu erwischen.

Meine Tischnachbarn, denen ich zugewiesen wurde, waren eigentlich ganz in Ordnung.

Nur schon heute Morgen ging mir das Getue des Einen gehörig auf den Geist. Anscheinend mokierte er sich über den Malkurs von gestern Abend. Ein Wutbild sollte er malen. Er brachte eine hohe Mauer zu Papier. Diese zeigte er dem Obermalbeauftragten, und erhielt dafür kein Lob.

„Dass sei kein Wutbild und wo denn darin die Wut zu sehen wäre?“, hätte der Staatsratsmalervorsitzende ihn provozierend gefragt.

Daraufhin hätte er in der Malpause mit einem „Spatel“ ein „Loch“ in die Leinwand hineingestoßen. „Wütend“ und „garstig“ wäre er gewesen. *Die in Anführungszeichen stehenden Wörter bitte ich, sich in übertriebener „Bully Herbig Traumschiff Surprise-Sprache“ vorzustellen.*

Nachdem meine Nackenhaare einen Krampf vom Abstehen bekamen, hoffte ich auf eine baldige Entlassung meines Tischnachbarn. Tuntenterror am Morgen bringt Kummer und Sorgen. Da würde ich wohl bald auch ein Wutbild malen müssen!

Als er aber von den Partnerübungen erzählte, bei denen einer auf den Füßen des anderen balancierend in die Luft gehoben wird, wurde mir übel. „Ich will hier weg und wenn der mich anfasst, gibt's auf die Zwölf!“, waren die beiden Sätze, die mir durch den Kopf rauschten.

Dann kam ein lustiges Gespräch mit dem Oberarzt. Ein kurz vor der Rente stehender

Mann mit einer Brille begrüßte mich im Behandlungszimmer. Er hatte in einem Teil der Brillenfassung kein Glas und seine Nase war ca. vier Zentimeter vor dem Computerbildschirm, wenn er das dort geschriebene lesen wollte. „Oh Backe", dachte ich bei mir. O.K. Gib ihm eine Chance. Kaum war dieser Satz in das Sätzenirvana verschwunden, führte er die schon fast komödiantische Vorstellung weiter fort. „Wir haben ein neues Computersystem. Da kenn ich mich überhaupt noch nicht aus". „Bingo. Blind, alt und mit dem Grammophon und der Dampfmaschine groß geworden." Natürlich war das sehr böse von mir, aber als dann der jüngere, aber nicht weniger ahnungslose Kollege hereinkam und nun beide wie die Hamster in den Bildschirm schauten, gab ich mir die Gedankenabsolution.

Der gute alte Zettel und ein Bleistift retteten meine Untersuchung und wahrscheinlich durfte eine junge Azubine am Sylvesterabend meine Untersuchungsergebnisse in das Programm hacken.

Nun hatte ich Zeit. Die Untersuchung war beendet und da an diesem Tag keine Anwendungen mehr für mich geplant waren, konnte ich mal in Ruhe nachdenken. Wenn das Jahr zu Ende geht und sich ein watteweicher Schleier des Ausatmens, Rückblickens und des Abwägens über die Gedanken legt, denkt es sich leicht. Irgendwie. Für mich endete im kärglich eingerichteten Verwaltungszimmer diese wohlige Nachweihnachtszeit mit einem jähen verbalen Schlag ins Gesicht. Zeitgleich sagte mir die Angestellte der Klinikverwaltung, dass ich ja wüsste, dass ich pro Tag 125 € zuzahlen müsse!

Und nun, nachdem mein Gehirn wieder mit Blut versorgt wurde und das dumme Gesicht einer fassungslosen Fratze gewichen war, schnell mal nachgerechnet.

Die 8 Wochen hier in der Klinik kosteten mich nur 7500 € an Zuzahlung.

Wut, ungläubiges Staunen und maximaler Pulsschlag waren die Folge. Nachdem ich der Dame meine Versichertenkarte gezeigt hatte, bestätigte sie das von ihr Gesagte mit dem Satz: „Das hätte ihre Kasse aber wissen müssen!"

Endorphine und alle Verwandten dieser kleinen Flitzer vollführten ein Stock-Car-Rennen in meinem Körper.

Heute, vier Tage später, und immer noch kopfschüttelnd schreibe ich nun diese Zeilen nieder. Immer noch kochend vor Wut. Wo sind ein Spatel und eine Leinwand, wenn man sie braucht?

Eine Kreuzfahrt im Mittelmeer, Dauer acht Wochen und mit allem „Schnickschnack", würde mir und meiner Krankenversicherung billiger kommen. Zusammen mit der Klinikpauschale und meiner Zuzahlung wären das für den Klinikaufenthalt über 26000 € gewesen.

Dann lieber im Pool auf dem Schiff in der Sonne liegen für die Hälfte.

Der „Vorvorvorgesetzte" der Krankenversicherungs-Sachbearbeiterin hat sich bei mir gemeldet. Wohl nur, nachdem ich eine Vorstandsbeschwerde zu Papier brachte und drohte, diese per morgen abzuschicken. Am Ende des Tages war klar, dass wenigstens meine Auslagen für die Zugfahrt und das Taxi übernommen würden. Die 16 Stunden in überfüllten Zugabteilen und die ganzen

Nerven, die wegen der Sache spontan Selbstmord begangen hatten, sind wohl mein Anteil an der Odyssee.

Botschaft des Tages:

Bevor du in eine Klinik gehst, frage deine Krankenversicherung. Dann frage deine Klinik. Und dann frage, ob die Klinik noch einmal die Krankenversicherung fragen kann. Dann bitte beide, dir eine schriftliche, detaillierte Bestätigung dieses Gespräches zu schicken. Erst dann steig in den Zug…oder geh` aufs Schiff.

Neues Jahr, neues Glück.

Eines habe ich. Zeit! Zeit über mich und alles um mich herum nachzudenken…oder im Internet zu surfen und über das mich betreffende Thema zu lesen.

In den zahlreichen Blogs und Chats zu dem Thema, tummelt sich leider alles, was mir weiter die Energie raubt.

Sobald ich mehr als 5 Beiträge, Meinungen und Gegenmeinungen zum Burn-Out oder zur Depression überflogen habe, werde ich echt übellaunig. Wo gibt es was Aufmunterndes? Selbst die Literaturvorschläge klingen wie die Titelzeile eines Liedes von den Doors.

„This is the end, my friend, the end!", schießt es mir durch den Kopf.

Ich will nicht hören, wie oft jemand einen Rückschlag erlitten hat, oder die Klinikbehandlung abgebrochen wurde. Das ist so, als wenn ich mir das Rauchen abgewöhnen möchte, aber nur Artikel darüber lese, wie hoch die Rückfallquote ist oder wie schlimm die Entzugserscheinungen waren.

Humor! Komisch, aber das ist wieder einmal meine Zuflucht. Jeder hat so etwas. Eine Kompensation der Ängste, ein Ventil. Die einen sporteln wie die Verrückten, die anderen futtern wie wild und wieder andere ziehen sich zurück. Alles nachvollziehbar, wenn die eigene Welt in ein schwarzes Loch gesaugt wird.

Meine Botamine, Endorphine und alle kleinen Viecher in meiner Blutbahn, die auf „-mine" oder „-fine" enden, befeuern mein

Spaßareal irgendwo im inneren Kortex meines Denkapparates. Mister Data von der Enterprisecrew hatte einen Emotionschip eingebaut bekommen. Er war Android mit dem Wunsch, menschlicher zu werden. Mir haben sie wohl einen Spaßchip implantiert.

Der springt Gott sei Dank sofort an, wenn ich wieder einen mahnenden, deprimierenden Artikel über den langen und steilen Weg, der bei einem Burn-Out vor einem liegt, lese.

Wer mit der Absicht, sich hinter einen Bus zu werfen, einen solchen Depressions-Artikel komplett liest, wird sich wurftechnisch wohl mehr in Fahrtrichtung entwickeln. Daher mein Entschluss am ersten Tag meiner Diagnose: **Dieses Thema braucht kein Sachbuch oder ein Fachbuch, sondern (auch) ein Lachbuch.**

„Lachen ist die beste Medizin" und weitere tolle Ratschläge aus der Familie, wie „stell dich nicht so an" oder „mach mal Urlaub", haben einen wahren Kern. „Stell dich nicht so an" kann für mich auch bedeuten, dass ich mich nicht in die Warteschlange derer anstelle, die auf ihr Ende warten. „Und mach mal Urlaub" heißt für mich, Urlaub von den Bedenkenträgern, Besserwissern oder Ignoranten zu buchen.

„A laughing each day, keeps the Psychologists away".

Manchmal mache ich mir Gedanken über diese armen Teufel, die Tag ein und Tag aus immer nur mit den Problemen der anderen zu tun haben. Genau. Ich denke an die Psychologen. Zu wem gehen die, wenn es Ihnen mal schlecht geht? Zum Kollegen, in die Kneipe oder in Urlaub?

Wenn ich an meine zwei halben Tage in der Oberbergklinik denke, dann graust es mir auch schon vor den „Gruppengesprächen". Ich kann mir nicht vorstellen, dass es hilft, wenn ich mir die Probleme von anderen anhöre und denen, die selbst kein Land vor lauter eigenen Sorgen mehr sehen, auch noch meine Päckchen in den Rucksack des Lebens packe. Bin ich nach vier oder acht Wochen solcher Gespräche wieder gesund, oder nur leidensfähiger? Das ist ja auch eine Möglichkeit. Man verschiebt die Leidensskala. Ist wie Inflation. Also Geldentwertung. So wird auch bei der Inflationstherapie der Leidenswert um den Faktor zehn oder 100 reduziert. Was früher einmal höchster Schmerz und tiefste Verzweiflung war, wird kurzerhand zur normalen Empfindung herabgestuft.

Für 100 Mark konnte man in den sechziger Jahren eine Familie zwei Wochen ernähren. Heute erhält man dafür gerade einmal reduzierte Schuhe im WSV. So funktioniert das auch. Die Leidenswährung wird umgestellt und alle im Land per Dekret als gesund eingestuft. Das spart den maroden Kassen einen Berg Geld.

Da könnte sich doch, wie bei der Euroeinführung, die Europäische Verwaltung mal etwas dazu überlegen.

Per Gesetz könnten dann auch Probleme an den Börsen gehandelt werden und in Kleinere getauscht oder verkauft werden. An- und Verkauf von Problem-Aktien werden in jeder Klinik über den persönlichen Problemberater getätigt. Das ist dann der „Personal Problem Sales Coach".

Also, alle ehemaligen Banker haben nun die Möglichkeit, sich mit den Opfern Ihrer früheren Zockerei nochmals zu beschäftigen. Genial. Altkundenrecycling. Alle Bankkunden, welche von den fallenden Kursen oder Schrottimmobilien in den Wahn getrieben wurden, bekommen einen „Grünen Punkt“ auf die Stirn und werden bevorzugt beraten.

Sobald sich etwas geschmeidig amerikanisch anhört, funktioniert es auch besser. So wie ein „fascility manager“ auch nur ein besserer Hausmeister ist und ein „cleaning engineer“ eine Reinigungskraft. Genug aufgeregt!

Was habe ich mir für meinen baldigen Klinikaufenthalt noch vorgenommen?

Auf jeden Fall steht ganz oben auf meiner „to do“- Liste, dass ich die Geschehnisse dort jeden Tag notiere. Beim niederschreiben entschlackt mein Gehirn. Das ist fast wie rhetorischer Stuhlgang. Dann kurz spülen, oder in diesem Fall umblättern, und der Ballast ist weg.

„Drop the thought“. Das ist mir von Herrn Kerkelings Hörbuch des Pilgerweges noch im Gedächtnis geblieben. Lass den Gedanken fallen. Dabei hilft mir das Schreiben. Und Sport. Nur den darf ich gerade nicht machen. Doch schon, aber nur im Weichspülgang. Die kleinen, weißen Wunderpillen treiben meinen Puls in ungeahnte Höhen. Da mein Puls nicht gern allein ist, hat er gleich noch seinen Kumpel, den Blutdruck mit hoch genommen. Die beiden sitzen jetzt da oben und lästern über ihren Freund, die Kurzatmigkeit. So trabe ich also keuchend und japsend meine Joggingstrecke entlang und versuche, meine Mitte zu finden. Wo auch immer ich die verloren habe!

18.01.2011

It´s the final countdown!" Dieses Lied wurde vor vielen Jahren an meinem Hochzeitstag morgens im Radio gespielt. Ich hatte damals Ganzkörpergänsehaut, so groß wie Tennisbälle. Besser hätte auch kein anderes Lied zu dem Tag gepasst, an dem ich keine zwei Stunden später heiraten sollte.

Momentan fühlt es sich ähnlich an. Nicht nach Heirat, sondern mehr nach Countdown. Tick, tack. Wenn man auf etwas wartet, vergeht die Zeit extrem langsam. Und ich warte auf meine „Einberufung" in die Klinik. Gut, dass ich nichts Ernstes habe, scherze ich mit mir. Die nette Dame an der Klinikhotline sagte mir, dass es etwa noch zwei oder drei Wochen dauern kann, bis ein Platz frei wird. Mir wird schlagartig klar, dass die Faschingssaison 2011 diesmal komplett ohne mich stattfinden wird. Das ist für jemanden, der Konfetti im Blut hat, keine leichte Einsicht. Als Elferrat und sonstiger Narr sind diese Wochen immer eine Hauptsaison der Freude, harter Arbeit, wenig Schlaf und vermehrter Alkoholaufnahme. Nicht, dass man als aktiver Narr bei jedem Event einen riesigen „Fetzen" haben kann. Gerade als Mitveranstalter lebt man eher abstinent, verglichen mit dem, was vor der Theke los ist. Aber nicht einmal das wird mir dieses Jahr vergönnt sein. Nun, wenn ich mir vom Universum, oder sonst einem „Etwas" da draußen Gesundung erhoffe, dann muss ich eben auch etwas opfern. Da ich ja schlecht die Katze des Nachbarn in einer Vollmondnacht unter einer alten Spessarteiche um Mitternacht schlachten kann, versuche ich also, die Faschingszeit und den Genuss auf dem Altar des Gottes der Psychmaten darzubringen. Hoffend, dass meine Gaben nicht zurückgewiesen werden. Wenn ich Psychmaten-Gottheit wäre, dann würde ich jetzt schon mal den

Weihwasserkessel der Wunderheilung anfeuern.

Die Tage des Wartens kommen so eintönig, wie sie gehen. Ab und zu ein „Highlight", also amerikanisch für „Hochlicht". Mein Bruder und ich verbrachten zwei Stunden in meiner Garagenwerkstatt und bastelten an der noch nicht ganz fertig gestellten Zündapp GTS 50. So ein 35 Jahre altes Kultmoped braucht viel Pflege. Nachdem ich sie im Winter zerlegt, entrostet, lackiert und wieder zusammengesetzt habe, stand sie nun schon vier Wochen unberührt in der Garage herum. Heute Nacht sollte sie wieder zu neuem Leben erwachen. Am Vergaser wurden die letzten Einstellungen vorgenommen und bei einigen Bierchen über Zündzeitpunkt, Benzingemisch, Schieberstellungen und die guten, alten Zeiten theoretisiert. Dann kickte ich sie an. Nach dem zweiten Startversuch drang das so vertraute, metallische Knattern eines Zündappmotors an unsere Ohren. Genial. Zwei der vier nächtlichen Proberunden durch unser verwundertes Wohngebiet endeten allerdings mit einem Schiebemarathon. Es ist ja gut für die Wadenmuskeln, ein abgesoffenes Moped den Berg hinauf zu schieben. Der Fehler war leicht gefunden. Im Tank waren noch Ölablagerungen der letzten drei Jahrzehnte. Zusammen mit dem frischen Benzin ergab sich daraus eine schwarze Brühe.

Dieser Brühe gefiel es im Brennraum so gut, dass sie sich als dicke Schicht auf die Zündkerze setzte.

Ist das nicht eine Parabel für unser Leben? Man kann sogar von einem Moped lernen! Einmal Tankreinigung für mich bitte!

Wir alle tragen dicke Schichten dunkler Rückstände mit uns herum. Irgendwo in uns hat sich einiges angesammelt. Kippen wir nun frischen Treibstoff hinzu, kann es sein, dass sich daraus eine schwarze Brühe entwickelt, die unseren Motor absaufen lässt. Meine Rückstände bestehen aus Vorwürfen, Selbstzweifeln, Wut gegen die Umwelt und massivem „genervt sein".

Außerdem interessiert es kaum einen meiner Kunden, ob auf meinem AB ein Band läuft, auf dem zu hören ist, dass ich krankheitsbedingt **nicht** erreichbar bin. Da wird sonntags auf der Privatnummer angerufen, oder beim Einkaufen im Supermarkt quer durch die Regalreihen geplärrt, das man doch mal ein Gespräch mit mir bräuchte.

Auf meine höfliche Auskunft, dass ich ja schon länger krank geschrieben sei, kommt meist keine Reaktion. „Ich solle bald mal einen Termin machen" und mich um so wichtige Sachen wie „Änderung einer Kundenbankverbindung oder Zusendung eines Formulars" kümmern. Selbst wenn ich gesagt hätte, dass ich übermorgen sterben würde, hätten diese Menschen morgen noch eine Auskunft von mir gewollt.

Es interessiert einige gerade der Leute, denen ich jahrelang oft und intensiv geholfen habe als es ihnen schlecht ging nicht die Bohne, ob es mir nun schlecht geht. Eigentlich kann ich für diese Erlebnisse nur dankbar sein. Bringen sie doch meine Wut und Abneigung gegenüber meiner Branche und solchen Menschen auf ein Niveau, das mir hilft, einen Schlussstrich zu ziehen.

Hier ist Schluss. Das dachte ich bis heute Mittag, als auf einem Baumarktparkplatz quietschend ein Auto vor mir bremste, während ich in Richtung des Marktes schlenderte. Eine Kundin hüpfte, alle Verkehrsregeln ignorierend aus ihrem Wagen und föhnte mich an „...ob ich dies und das noch erledigen könne und blaa und laaber". Meine relativ gereizt formulierte Antwort, dass ich eigentlich schon auf dem Weg in die Kurklinik sei, wurde mit einem „Du kümmerst dich da drum, ja? Dafür haben wir dich doch! Und Mitte April brauchen wir dich wieder!“ weggewischt.

Ich komme mir grad vor wie eine Prostituierte, deren Vaginalbereich krankheitsbedingt geschlossen ist, die aber gesagt bekommt, sie könne ja noch mit dem Mund weitermachen. Mein fester Vorsatz für heute ist, dass ich mir mein Leben und meine Freiheit wieder zurückhole und mich nicht mehr beim Einkaufen oder auf einer privaten Party von jedem dumm anquatschen lassen muss.

Die Grenze ist überschritten. Ich habe für diese „Ichlinge“ da draußen, die dich aussaugen, solange noch warmes Blut durch deine Adern läuft, kein Verständnis mehr. Morgen erledige ich noch, und nur weil ich es versprochen habe, die letzten Arbeiten am Schreibtisch. Danach kann die Versicherungswelt in einen Abgrund stürzen. Es ist mir egal. Ich habe meinen Beitrag für Volk und Vaterland geleistet und denke nur an mich. Das ist auch etwas, was ich mir vor einigen Monaten noch nicht vorstellen konnte!

30.01.2011

Momentan bricht die künstlerische Seite in mir durch. Kaum sind die einen Gedanken zu Papier gebracht, tauchen schon wieder neue Ideen und Projekte vor meinem inneren Auge auf. Mopeds und Mofas treten plötzlich in den Hintergrund, da ich seit längerer Zeit schon Kronleuchter und Dekorationsstücke aus Holz bauen möchte. Diese Gedanken, das Planen und Werkeln, tun mir gut. Wenn ich mal wieder den nächtlichen Kissentanz tanze, also stundenlang von einer Seite auf die andere rolle, dann denke ich an meine Heimwerkerprojekte. Es ist wie eine lange trocken liegende Quelle, die plötzlich wieder anfängt zu sprudeln. Der Wunsch, etwas zu schaffen, kreativ zu sein, zu gestalten und auszuprobieren ist momentan sehr stark. So, als ob die jahrelange Bürotätigkeit, das virtuelle Kopfarbeiten, und „Papiere von links nach rechts legen“, diese Quelle zum Versiegen gebracht hätte.

Nicht, dass ich in den letzten Jahren keine handwerklichen Projekte bestritten hätte!

Viele Meter Sandsteinmauer, Fundamente, Abdeckplatten, Zimmer für Zimmer gefliest und verputzt, Bäume im Frühling geschnitten, im Herbst geerntet und dazwischen die Gartenanlage zusammen mit meiner Frau gestaltet.

Sie hat die Ideen und ich grabe die Löcher und setze die Pflanzen. Am Ende sieht es dann immer wunderschön aus.

Meine momentane kreative Phase fußt aber auf einem anderen Fundament. Es reizt mich, etwas aus Spaß machen zu können, ohne den Zwang, ein bestimmtes Ergebnis in einer gewissen Zeit zu erreichen.

Einfach aus uralten Eichenbalken und den Sandsteinplattenresten einen dekorativen Kerzenständer entstehen zu lassen. Die grob zugesägten Rohlinge werden dann gehobelt, geschliffen und solange poliert, bis die über 200 Jahre alten Jahresringe zu sehen sind. Dann, nach dem Einölen, glänzt das Holz wie frisch aus der Dekoabteilung.

Kreativ sein. Endlich!

Was dieser Baum wohl schon alles gesehen hat. Er wuchs zur Zeit der französischen Revolution als kleiner Eichentriebling am Waldrand.

Bin mal gespannt, wann meine Frau mich stoppt, weil auf jedem Tisch oder Sideboard ein handgeschnitzter Kerzenleuchter steht.

Da meine berufliche Zukunft im Dunkeln liegt, schmiede ich alternative Pläne.

Ich bin ein Sicherheitstyp. Daher verunsichert mich gerade diese Zeit, in der weder eine Gesundung, noch eine Rückkehr in meinen Beruf sicher ist.

Mir ist auch klar, dass ich in den nächsten 20 Jahren nicht nur Kerzenleuchter basteln kann. Mein auf Turbogeschwindigkeit getrimmtes Hirn setzt langsam Spinnweben an. Natürlich liegt es auch an den Medikamenten, dass ich beim Schreiben in fast jedem Wort die Buchstaben verdrehe. Während ich diese Zeilen in das Textverarbeitungsprogramm eintippe, werden alle Fehler angezeigt und mit einer roten Wellenlinie unterstrichen. Nach einer Seite Text schaue ich auf den Bildschirm und erschrecke, weil er mich geradezu rot anspringt.

Statt **als** schreibe ich **asl** und aus **und** wird **nud**.

Was also kann ich in Zukunft machen? Was kann ich besonders gut, und das wichtigste ist, was macht mir am meisten Spaß?

Dann liegt, wie zufällig oder von der Vorsehung dorthin geworfen, ein VHS-Kursheft in unserem Esszimmer herum.

Da ich vor einiger Zeit einen interessanten Autorenkurs besucht hatte, blätterte ich darin.

Was da so alles angeboten wird! Von gesunder Ernährung bis zu gesundem Atmen und Entspannungsübungen im Kerzenschein. „Was kannst du gut?" Diese Frage trieb mich immer noch um. Und dann war es klar. Sonnenklar.

Meine 12 Jahre Erfahrung im Finanzbereich, im Verkauf, Vertrieb und Produktbereich sollte ich doch nutzbringend einsetzen können. Und zwar nicht im Vertrieb, wo ich wie bisher etwas „verkaufen" musste bzw. sollte, sondern im Bereich der Erwachsenenbildung. Der Finanzmarkt ist für den Laien derart undurchsichtig geworden, dass es doch sinnvoll ist, einen Kurs in den Grundlagen des Sparens und des Absicherns anzubieten. Was ich alles in meiner aktiven Zeit beim Kunden gesehen habe reicht, um mehrere Bücher zu füllen. Gruselig. Ideale Voraussetzungen für den Job als Dozent!

Gedacht, getan. Voller Feuereifer schrieb ich an die VHS in unserer Kreisstadt eine Mail. Wer ich bin und was mir vorschwebt fügte ich zu einigen flüssig formulierten Sätzen zusammen. Dozent, ja, das würde mir aus tiefster Seele Spaß machen. Lehren ohne Verkauf.

Mit leicht schwitzigen Händen drückte ich auf den „senden"-Button und hoffte auf eine positive Antwort.

Die kam dann auch zwei Tage später. Nun schrieb ich also wieder, nach über 12 Jahren, einen Lebenslauf und eine Kurzbewerbung. Motiviert hackte ich ein Schema der von mir angedachten Kurse, der Zielgruppen, meiner Zeitvorstellung und der Kursinhalte in den Rechner und druckte alles aus.

Die Unterlagen sollten jetzt schon auf dem Schreibtisch des betreffenden Herrn liegen. Geduld und Zuversicht. Das sind zwei Gaben, die ich momentan erst wieder in meinen Rucksack des Lebens packen muss.

Aber ich kann jetzt nur abwarten. Mit einer kleinen Sicherheit in meinem Inneren, dass mein Können und meine Fähigkeiten irgendwo sinnvoll eingesetzt werden können.

Jeder, auch jemand mit Burn-Out oder einer Depression, hat wichtige und wertvolle Talente. Die Aufgabe besteht darin, sie (wieder) zu finden und in die Waagschale der Zukunft zu werfen.

Es ist schön, wieder eine grobe Richtung im Leben zu haben.

Und dieses Leben hört nicht auf, komisch zu sein, wenn Menschen traurig sind. Ebenso wenig, wie es aufhört, ernst zu sein, wenn Menschen lachen.

In unserem Esszimmer hängen gleich drei Sprüche-Kalender an der Wand. Dort sind zumeist mittelprächtige, austauschbare Lebensweisheiten zu Papier gebracht. Sprüche, die immer und irgendwie für jeden zutreffen. Doch heute sprangen mich diese Worte regelrecht an. Da ich zu langsam war, um auszuweichen, landeten sie nun in diesem Buch. Und sie passen, zumindest heute, zu mir. Das Universum hört nicht auf, zu expandieren, nur weil wir Kathedralen oder Pyramiden bauen. Die Welt ändert sich nicht, wenn wir uns in die Traurigkeit und in das Land der Sorgenfalten flüchten.

Aber für den Einzelnen, also in dem Falle für mich, macht es einen großen Unterschied, ob man verdrießlich oder auch mal laut lachend der Fratze des Alltages entgegentritt. Die eigene Innenwelt ist fast **noch** wichtiger, als das, was da draußen geschieht.

Natürlich. Das hört sich wunderbar an, wenn das hier so geschmeidig geschrieben steht. Meine Stimmung ist auch nicht immer gleich und auf keinen Fall ist mir immer nach Lachen zumute. Und das ist in Ordnung so. Es geht ja darum, nicht ganz zu verlernen, über sich und andere mal herzhaft zu grölen und auf die Schenkel zu klopfen. Ich selbst sehe meine Phasen tiefer Sorge und Verzweiflung als Chance, Dinge aktiv anzugehen, die im „normalen" Leben niemals an die Oberfläche geschwemmt werden würden. Daher sprechen meine Frau und ich momentan sehr oft. Und diese Gespräche sind meistens nicht auf dem Niveau „Hi, wie geht's, und alles klar?" Es geht um grundlegende, zukünftige und uns betreffende Dinge. Da ist Ernsthaftigkeit gefragt. Und die hohe Kunst des Entschuldigens, wenn ich mal wieder im Eifer des Gefechtes über das Ziel hinaus gerannt bin. Mir ist klar, dass meine Launenhaftigkeit und Unberechenbarkeit für mein engstes Umfeld nicht leicht ist.

Mein großer Sohn ist mit seiner Schulklasse im Schikurs und für eine Woche außer Haus. Zeitgleich wird unser „kleiner" krank und darf die komplette Woche zuhause bleiben. Da sich das mit der arbeitsfreien Woche meiner Frau nicht besser treffen könnte, trifft es sich natürlich. Und so sitzen wir drei uns Tag um Tag sehr nahe und ungewohnt oft auf der Pelle. Das ist wie „Probe-Rentner". So muss sich ein Paar fühlen, das 40 Jahre gearbeitet hat und von heute auf morgen sind beide zuhause.

Ich also mittendrin, wie der berühmte Geysir „Old Faithful" in den USA. Plötzlich breche auch ich in schöner Regelmäßigkeit aus, lasse Dampf ab und beruhige mich dann blubbernd wieder. Danach zeugt nur noch das dampfende Wasser davon, was vor wenigen Minuten geschah. Bei mir ist es wohl kein Wasserdampf, aber so ein kleines Gewitterwölkchen soll über meinem Kopf schon beobachtet worden sein!

Es wird allerhöchste Zeit. Nach fast 14 Wochen zuhause ist es nun soweit, dass ich endlich in die Klinik kann. Familienangehörige sind, mögen sie sonst so schmerzfrei und belastbar sein, mit dieser Situation zuhause auf Dauer völlig überfordert.

Und so packe ich in Gedanken schon meine Sachen, schreibe Listen und „google" die Umgebung der Klinik nach guten Laufstrecken für mein tägliches Jogging.

Jetzt noch die nächsten Tage alle Rechnungen bezahlen, E-Mail-Filter einschalten und Freunde sowie Kunden über meinen Kurbeginn informieren.

Und dann bin ich mal weg. Einfach so. Zum ersten Mal seit fast 45 Jahren bin ich für viele Wochen nicht mehr präsent. Das kann ja was geben, wenn ich bald meine täglichen Atemübungen mache, auf Klangschalen trommle und Wutbilder male. Und zehn Kilo abnehme.

13.02.2011 An alle....

Diese Zeilen sind für alle, die in einer perfekten Welt leben. In dieser perfekten Welt funktionieren die Menschen ohne Fehler und Schwächen. Wie der Zug der Lemminge strömen sie montags ohne Wehklagen zur Arbeit und nach Feierabend leben sie zuhause ihr perfektes Familienglück. Sie legen unglaublich großen Wert darauf, nach außen ein makelloses Bild abzugeben. Krankheiten oder Probleme kommen in ihrem Leben nicht vor.

Auch ich lebte bis vor einigen Jahren in dieser Welt. Gerade ich. Als junger, aufstrebender, motivierter, erfolgreicher Strahlemann konnte ich alles erreichen, denn ich war ja stark. Meine Kraft war schier unerschöpflich. Und so ging ich durch mein Leben, glaubend, dass es immer so weiter ginge. Zu Menschen, die nicht mehr konnten, wollten oder Probleme hatten, sagte ich oft Sätze wie: „Dann kneif doch mal die Arschbacken zusammen“, oder „Stell dich nicht so an“!

Aus diesem Traum bin ich aufgewacht, und erlebe nun etwas Seltsames.

Menschen, die ich nur flüchtig kenne, aber von meiner Krankheit erfahren haben, sprechen mir Mut zu. Sie erzählen von Ihrem Leben, den Prüfungen und davon, dass es hundertfach schwerer ist, sich einer solchen Situation zu stellen, als sie zu verheimlichen. Die meisten Menschen ignorieren oder verleugnen es, wenn sie am Ende aller Kraft keinen Schritt mehr gehen können. Sie verleugnen es so vehement, weil das perfekte Bild ja gewahrt werden muss.

Für die Nachbarn, Kollegen, Bekannten und besonders für sich selbst und den eigenen Maßstab des Glückes. Das Verleugnen ist einfach, und funktioniert auch. Eine lange Zeit sogar. Das Leben besteht aber nicht aus einer Aneinanderreihung von logischen Dingen, die wir mit unserem Fleiß oder Einsatz oder Willen beeinflussen können. Ganz im Gegenteil. Die Abwesenheit von Normalität ist das eigentlich „Normale". Nun erlebe ich selbst, wie es ist, wenn Menschen aus der „Kaste der Perfekten" zu mir sagen, ich solle „meinen Arsch zusammenkneifen und mal da durch". Und selbst meine Familie wird mit deren „guten" Ratschlägen versorgt. Es geht sogar so weit, dass meine Frau gefragt wurde, was sie anderen Leuten auf die Frage, „was macht denn dein Mann jetzt?“, antworten könne. „…doch wohl nicht, dass ich in Rente sei!“ Diesen Menschen, die meinen, eine Depression sei ein anderes Wort für faul sein, rufe ich hier laut zu: „Es ist mir wurscht, was ihr denkt!“ Euer perfektes Leben ist ein Witz. Sich hinter Fassaden zu verstecken ist keine Lösung und Gesundheit ist kein Grundrecht der Menschen. Es ist ein Geschenk, um das man kämpfen muss. Ich stelle mich diesem Kampf und bin stolz darauf, dass mich meine Familie unterstützt. Entweder durch Zuspruch und Bestätigung, oder durch Kommentare, die mich wütend machen. Wut ist eine starke Kraft. Danke dafür. In diesem Sinne wünsche ich allen, die sich bei diesen Zeilen auf die eine oder andere Weise wiederfinden, dass sie dann, wenn die große Lebensprüfung auf sie zukommt auch bereit sind, sich ihr zu stellen.

Anreise zur Klinik.

Wer im Internetzeitalter irgendwo hinfährt, erkundigt sich vorher in selbigem genau darüber. Neben hilfreichen Infos zur Stadt Bad Kissingen, Ausgehtipps, Nachtleben und sonstigen wichtigen Dingen treffe ich auch auf ein Bewertungsforum für meine Klinik. Die dort sehr widersprüchlichen und mit Vehemenz niedergeschriebenen Berichte und Kommentare zum Leben und dem Ablauf in dieser Einrichtung machten eines mit mir. Sie verunsicherten mich! Die Skala der menschlichen Empfindungen und Meinungen, die dort postuliert werden, ist wie ein großes Buffet voller exotischer Speisen. Am besten selber probieren. So fahre ich heute mit einem Gefühlsmix aus „Wird schon“ und „Oh mein Gott“ dort hin. Besser gesagt, ich wurde gefahren. Hin zu dem Ort, an dem „die bestimmt was finden. Wie beim TÜV, die finden auch immer was“.

Das „Zielpublikum“ einer solchen Klinik, also orientierungslose, deprimierte und ausgebrannte Menschen, ist eben sehr dünnhäutig. So versuche ich mir, viele der unsagbar schlechten Bewertungen im Netz schön zu denken.

Da meditatives Trommeln und esoterisches Tanzen auch nicht gerade zu meinen Lieblingskursen zählen werden, habe ich mich schon vorher für Karate, töpfern, malen oder ganz banal für „durch den Park joggen" entschieden. Ich würde sogar Kurse im ganzheitlichen Obstbaumschnitt selbst anbieten, da mein Vater mich vor vielen Jahren in die hohe Kunst des Apfelbaumschneidens eingeweiht hat. Das ganze könnte dann als Gruppentherapie stattfinden, sinniere ich, während meine Frau unbeirrt in Richtung Kurzentrum fährt.

Obstbaumschneiden als gruppendynamisches, naturnahes Selbsterleben. Einer steht auf der Leiter und schneidet. Ein anderer hält vertrauensvoll die Leiterholme fest und erdet das Ganze. Die restlichen Gruppenmitglieder sammeln die herab fallenden Äste auf und flechten daraus Topfuntersetzer oder Yin und Yang-Symbole. Alle wären an der frischen Luft und die Streuobstwiesen rund um die Klinik gepflegt. Da dies im Herbst dann zu reichen Apfelernten führen würde, wäre ein gemeinschaftliches Most-Keltern in der Patientenschaft vorstellbar. Der selbstproduzierte Saft könnte dann als Badezusatz oder in vergorener Form zur inneren Anwendung gereicht werden.

Im Ernst. Eigentlich will ich mich mit diesen Gedankenspielen nur von meiner Angst ablenken. Gedanken wie „Sind die nett?“ oder „Was passiert mit mir?“ kreisen unentwegt durch mein Gedankenkarussell. Kurz nachdem ich mich an der Rezeption des wie ein Hotel wirkenden Klinikgebäudes gemeldet hatte und die Koffer auf mein Zimmer getragen waren, werde ich auch schon meiner Kerngruppe vorgestellt. Kerngruppe bedeutet nichts anderes, als dass dies nun meine Ersatzfamilie für die nächsten Wochen sein wird. Wir essen an einem Tisch und haben die Gruppentherapien zusammen. Und ja, sie scheinen nett zu sein. Zumindest bemüht, meine Frau und mich willkommen zu heißen. Beim gemeinsamen Mittagessen im großen Speisesaal bin ich schon etwas erleichtert. Mit mir sind noch 2 weitere neue Kernis angereist. Das bedeutet, ich habe also noch weitere Mitneulinge am Tisch dabei. Das verbindet irgendwie und beruhigt. Es wird gelacht, Späße gemacht aber auch über den Klinikablauf gesprochen. Mir platzt jetzt schon fast der Kopf. Aber das würde definitiv einen schlechten Eindruck auf die Mitpatienten machen und zum anderen, wer würde die Sauerei dann aufwischen? Geplatzter Kopf ist also nicht.

Irgendwie schaffe ich es, mit intaktem Schädel all die Informationen und das Essen verdauend, mein Zimmer wieder zu finden. Dort sitze ich nun, nachdem sich meine Frau unter Tränen verabschiedet hatte, an meinem Schreibtisch und warte. Ein Pfleger soll kommen und mir weitere Informationen geben, wann ich mich wo, warum und bei wem melden soll. Aufschreiben! Guter Plan. Also Zettel und Stift gesucht und alles aufschreiben. Mein Erstgespräch bei meinem Arzt und Therapeuten verlief gut. Jedenfalls erhalte ich das „Go" für die Sauna und das Joggen. Hurra! Das unterschied sich schon mal positiv von meinem letzten „ersten" Kliniktag vor 6 Wochen. Also nix wie raus, bewaffnet mit Laufschuhen und warmen Joggingkleidern „erlaufe" ich mir die Umgebung. Egal wo ich neu bin auf dieser Welt, ich jogge erst einmal durch die unbekannte Gegend. Norde mich ein und komme an. Es gibt Leute hier in der Klinik, die haben es nach einer Woche Aufenthalt gerade einmal die 50 Meter bis zum Zigarettenkiosk geschafft. Jeder so, wie er will.

Morgen früh geht es bei mir nun also los mit Wiegen und Blutdruckmessen. Dann sollen schon die ersten Gruppengespräche sein. Da die Klinikgebäude aneinandergebaut sind und einem Labyrinth gleichen, erhielt ich am ersten Tag gleich drei Orientierungspläne. Verlaufen und suchen gehört in den ersten Tagen wohl fest zum Programm hier. Um sich wenigstens einigermaßen richtig zu verlaufen, erhält jeder Neupatient einen Paten zur Seite gestellt. Wir durchwanderten am Abend des Anreisetages die Klinikareale, die immer mehr einem schweren Level eines Egoshooterspieles glichen. Immer wieder begegneten uns dabei andere Gruppen, die ebenfalls mit großen, fragenden Augen durch die Gänge geführt wurden. Geheime Treppenhäuser, Seminarräume, die nach Blumen benannt wurden und 3 Kliniken, die extern gelegen waren vervollständigten die Verwirrung in meinem Kopf.

Noch Tage nachdem wir angereist waren sind die Neupatienten schon auf große Entfernung leicht zu erkennen. Mit großen, suchenden Augen und Zettel in der Hand haltend, tappten wir unsicher und Schilder lesend durch die Flure. „Das ist alles Teil der Therapie." waren wohl meine letzten Gedanken, als ich nun endgültig zum ersten mal in meinem Bett liegend das Traumland aufsuchte.

17.02.

Aufstehen, Blutdruckmessen im Raum... wo war das noch mal? Wiegen und dann schnell einen Kaffee in den noch schlafenden Magen. In der ersten „Morgenrunde“ gab es gleich Fragebögen, die mich von ihrer Dicke her stark an Steuererklärungen erinnerten. Nun begann die erste von gefühlt 25 Vorstellungsrunden. Das wusste ich aber momentan noch nicht. Alle saßen wieder mal im berühmten Stuhlkreis und nestelten an den soeben ausgeteilten Fragebogenkatalogen herum. „Wer möchte beginnen?“. Das hörte sich sehr nach einer rhetorischen Frage an, da das definitiv niemand wirklich wollte. So wurde das erste Opfer bestimmt und dann im Uhrzeigersinn weitergemacht. Als jeder seinen Namen, Alter, Beruf und eine mehr oder weniger genaue Diagnose in das Innere des Kreises geworfen hatte war ich schockiert. Da saßen mindestens 2/3 Pädagogen. Also Lehrerinnen und Lehrer aller

Altersstufen und Schulsysteme und konnten ihren Beruf nicht mehr ausüben. „Nächstes Jahr kommen dann wohl die Schüler", murmelte ich in mich hinein. Diese Welt da draußen macht Menschen kaputt. Meine eh schon feste Meinung dazu erhärtete sich gerade nochmals um den Faktor zwei. Macht uns also das System krank, oder ist das System die Krankheit? Und wie soll das in 20 Jahren aussehen, wenn dann locker 8 von 10 Bundesbürgern in den Kliniken in Stuhlkreisen sitzen. Da wäre dann wenigstens Platz im Parkhaus oder beim Friseur. Auch beim Bäcker und Metzger....wohlige Leere. Kein Stau mehr auf den Autobahnen und keine Schlangen mehr an der Supermarktkasse. Man kann alles auch positiv betrachten.

Eva, meine Mitneupatientin, steckte mich dann, nachdem sich der erste Morgenstuhlkreis in Nichts aufgelöst hatte, spontan an, einmal raus zu gehen. So liefen wir ziellos durch die Fußgängerzone von Bad Kissingen und mein Humorzentrum lief ebenfalls zu neuer Stärke auf. Was mir auch aus dem geöffneten Mund strömte, es fiel auf fruchtbaren Boden. Als hätte ich einen 7. Sinn, tat ihr und mir das Lachen über meine Albernheiten gut. Sehr gut sogar. Die Zeit verging wie im Fluge und wir mussten uns sputen, um rechtzeitig nach dem Mittagessen unseren nächsten Gesprächskreis besuchen zu können. Diesmal war es ein erlauchter Kreis, da die Oberärztin anwesend war. „Die braucht wohl noch Kohle für Ihre Sommerreifen!“, flüsterte ich mit ernstem Gesicht zu Eva. „Hä? Warum?“. „Na, die rechnet ihr Gefasel auf jeden Fall mit dem Höchstsatz ab. Und das mal 25“ So viele saßen nun schon wieder im Kreis zusammen und erzählten noch einmal, was sich niemand merken konnte. Namen, Alter, Familie, Beruf, wo man herkommt und welche Diagnose auf dem Einlieferungszettel stand. Wieder und wieder wurde dann seitens der Oberärztin der doch recht komplizierte interne Klinikablauf erläutert. Da gäbe es 4 Abteilungen, die alle nach den Oberärzten benannt seien. Dann die Kursgruppen, Kerngruppen und sonstige Patientengruppen.

Einige der Geschichten, die diesmal von Mitpatienten, zumeist aber von Mitpatientinnen unter Tränen oder mit versteinerten Minen erzählt wurden, wühlten mich innerlich sehr stark auf. Auch Stunden später noch nagte ich an diesem Knochen. Viele Patienten waren nicht das erste Mal hier in Heiligenfeld, oder generell nicht neu in solch einem Etablissement. So kannten manche alle Facetten, lateinischen Begrifflichkeiten und sonstige medizinische Erklärungen für ihre ganz persönliche Erkrankung. Es ging von A wie „Antizyklisches Borderlinesyndrom" bis Z wie „zum Kotzen". Mir wurde ganz übel, was es alles für Erkrankungen gab. Eva und ich kamen auf die Idee, eine Liste anzufertigen. Eine Liste mit Krankheiten, die wir NICHT hatten. Quasi eine Positivliste. Die sollte natürlich möglichst lang sein und würde sich bei jedem ähnlichen Gesprächskreis mindestens um 20 neue Krankheiten verlängern. Das gibt einem schon im Denkansatz ein beruhigendes Gefühl, dass es so viele Erkrankungen gibt, die man nicht hat. Meine Aufgabe hier ist es also, schlussfolgerte ich nun, herauszufinden, was ich habe. Diesen Gedanken nachhängend saß ich zum „runterkommen" für drei Durchgänge in der Sauna. Ich liebe Sauna. Das ist wie Kurzurlaub für die Seele, in eine 90 oder 100 Grad heiße Sauna zu gehen, die einigermaßen leer ist. Dann auf das Handtuch legen und nichts als das Blubbern und wohlige Wummern des Elektroofens zu hören. Soweit meine Erwartung. Die wurde nur durch das hochtourige, tinitusale Brummen des Saunaventilators gestört. Aber gut, man kann nicht alles haben. Da es keinen Fernseher auf den Zimmern gibt und mir der Sinn nach der Sauna nicht danach stand, einen der Fernsehräume zu besuchen, legte ich mich müde in mein Bett. Vorsatz für morgen: 6.30 aufstehen, Joggen. Und mehr Ernsthaftigkeit!

18.02.

Vorsätze sind dazu da, gebrochen zu werden. Zumindest einen Teil meiner gestrigen guten Absichten konnte ich nicht umsetzen. Das mit dem Joggen klappte gut. Ich lag sowieso wach im für mich ungewohnt harten Bett und daher war der Weg zu den Joggingschuhen nicht weit. Die Ernsthaftigkeit allerdings wollte anfangs nicht so recht bei mir einkehren und meinen Mund versiegeln.

Die Kerngruppenrunde diente heute dazu, organisatorisches zu besprechen. Also wann und warum ich in welchem Kurs sein solle. Da musste ich eingebucht werden und zur Sprechstunde gehen, oder ich erfuhr auch warum die eine oder andere Therapie noch nichts für mich sei. Was heute wieder einmal unter meine Gänsehaut kroch, waren die Schilderungen meiner Kerngruppenmitglieder, die, wie könnte es auch anders sein, sich nun uns Neuen vorstellen durften. Die Methodik der Vorträge ging von „sehr gefasst und kurz“ bis „heulen und zusammenbrechen“. Mein Kiefer klappte herunter und die gestern noch lebenslustig wirkenden Tischnachbarn öffneten für kurze Zeit den Vorhang des Grauens. Geschichten, deren Inhalt natürlich niemals den Rahmen dieser Runde verlassen wird, wurden von fassungslosen Zuhörern zur Kenntnis genommen. Benommen und aufgewühlt überkam mich an diesem Tage doch noch die Ernsthaftigkeit. Abends halfen mir nur noch der schon fast traditionelle Saunabesuch und die Aufgussrituale meiner beiden Tischkollegen, diesen Tag zu verdauen. Die beiden, ich nenne sie mal Chuck und Icke, leiden an der gleichen schlimmen Krankheit wie ich. Dauerndes witziges Rumalbern gepaart mit schwarzem Humor und Berliner Schnauze. Genial. Hier bin ich richtig!

19.2. Joga am Morgen.

Was mich heute in meinem ersten Jogakurs erwartete, wusste ich natürlich nicht. Als ich zwei Minuten vor Kursbeginn im Meditationsraum ankam, waren nur noch wenige der ausgelegten Matten frei. Neben den noch freien Matten lagen jeweils eine Decke und ein Sitzkissen. Der schöne, licht durchflutete Raum war angefüllt mit Schweigen und gedämpfter Entspannungsmusik. Ich steuerte leise schleichend eine Matte an und setzte mich darauf.

„Hinsetzen und Klappe halten“. Das waren meine Gedanken. Und immer locker und cool gucken. Witze waren hier nicht angebracht, obwohl mir beim Anblick der schon in Trance versunkenen Mitteilnehmer der eine oder andere Kommentar ganz vorne auf der Zungenspitze saß. Es hatte den Eindruck, dass einige sich schon im Nirwana befanden und entrückt ca. 5cm über ihren Matten schwebten. Die sehr hübsche Jogalehrerin nickte mir, tief in die Augen blickend, lächelnd zu. Es war mir, als wäre wirklich so etwas wie eine Aura des Friedens um diese Frau. Wow.

Ohmm! Mit diesem dreimalig getönten Wort begannen 100 Minuten des Kurses, der wie im Flug vorüberging. Mit Ohmm endete er auch wieder. Dazwischen begab ich mich auf eine Reise, die mit einer Atemübung namens Feueratmen eingeleitet wurde. Gymnastische Übungen, die all meine Gelenkigkeit forderten und eine tolle Körperreise schlossen sich daran an. Ich bin, so glaube ich, schon nach diesen wenigen Eindrücken ein bekennender Joga-Fan.

Allein schon, wenn Frau Jogurette, so nannte ich meine Übungsleiterin ab jetzt, die Übungen in der Originalsprache ansagte, entschleunigte sich mein Herzschlag. Außerdem sah sie hinreißend aus. Dieser Tag, unterbrochen von den Mahlzeiten und einigen schnell gebildeten Stuhlkreisen, näherte sich alsbald auch schon wieder seinem Ende. Irgendwie landete ich dann spät abends im Malraum. Ich fühlte mich dort in den Werkraum aus meiner Schulzeit zurückversetzt und hantierte ein wenig mit Farbe und Pinsel. Es war schön, dort sitzend oder vor der Leinwand stehend, einfach die inneren Bilder aufs Papier zu lassen. Die haben mich hier nicht zum letzten Mal gesehen! Ein langes, schönes Gespräch mit einer Mitpatientin rundete diesen Tag ab. Das Gefühl des

Alleinseins wurde nun, als ich im Bett lag und an die Decke starrte, nun doch an den Strand meines Denkozeans gespült. Aber auch das geht irgendwann vorbei.

20.02.1. Sonntag.

Hurra! Ausschlafen. Toll, dass ich ab 6.30 Uhr alle 10 Minuten aufwache und dieses Ritual anhand der abgelesenen Uhrzeit auf meinem Wecker nachkontrollieren kann. Aufwachen um festzustellen, dass ich ja noch lange schlafen kann, macht irgendwann keinen Spaß mehr. Gut, also frühstücken gehen. So gesund, wie ich momentan hier lebe, ist schon fast unheimlich. Bei jedem der Mahlzeiten gibt es 80% Grünfutteranteil. Das ganze wird dann im Park auf einer sonntäglichen Laufrunde in Wärme und Bewegungsenergie umgesetzt. Ein paar Rentner erschrecken ist schon fast meine Lieblingsbeschäftigung geworden. Nur spazieren gehende Rentner schaffen es, zu zweit einen durchaus breiten Parkweg zu blockieren. Da die Temperaturen noch im Frostbereich liegen, ist kaum Grün zu sehen. Leider. Danach sehne ich mich aber. Nach grünen Wiesen, Sonne und Wärme. Frisches Buchenblättergrün und kurze Röcke. Ja das täte meinen Augen gut.

Aber der Frühling ist noch in weiter Ferne. Das macht nichts. Ich bin ja noch lange hier. Fazit der ersten 5 Tage.

Ich bin hier, wo immer das auch ist.

Ich suche mich, wo immer ich auch verloren ging.

Ich richte mein Leben neu aus, wohin auch immer.

Der späte Abend verwandelte sich dann wieder einmal in einen gefühlsmäßigen Kraftakt. Das depressive Monster der Einsamkeit sprang mich frontal an. Ziemlich aufgewühlt, verwirrt von den vielen Eindrücken dieser Tage und jämmerlich, wurde ich erst nach vielen Stunden vom Sandmann ins Reich der Bewusstlosigkeit geschickt. Der nächste graue, bitterkalte Morgen freute sich um 6.30 Uhr darauf, von meinen Laufschuhen begrüßt zu werden. Das komische Gefühl vom Vorabend wich langsam aus meinem Gedankenkarussell.

Als ich an der Saalebrücke an einem großen Werbeschild für Seniorenheime vorbeikomme, bessert sich meine Stimmung schlagartig. In großen Lettern prangt da der Satz: "Endlich mein Leben genießen!" Das passt ja grad wie die Faust auf mein tränendes Auge. Der ältere Herr auf dem Plakat lächelt glücklich, da er anscheinend endlich sein Leben aus tiefster Seele mag.

Aber ist das nur das Recht von Senioren mit dem nötigen Kleingeld? Ich entscheide, dass dem nicht so ist, lächle und jogge weiter. Mit kalten, zitternden Beinen, Schritt für Schritt … meiner heißen Dusche und danach meinem neuen Leben entgegen.

21.02. Montag

In den ersten beiden Stunden direkt nach dem aufstehen bin ich noch nicht richtig wach. Nur die äußeren drei Zentimeter funktionieren. Zwar atme und spreche ich schon, aber innen drin schlafe ich noch immer. So kann ich morgens auch keinen Fisch zum Frühstück essen oder andere, normalerweise abendliche Dinge tun. Dazu gehört auch Tanzen, oder besser gesagt, sich vogelwild zu Musik durch einen Seminarraum zu bewegen. Das alles ist nicht möglich. Um mit mir achtsam umzugehen, höre ich daher immer sehr auf die Befindlichkeiten meines Körpers. Nicht wollen und nicht können unterscheidet sich in den Morgenstunden diese Tätigkeiten betreffend, nicht. So saß ich nun heute Morgen auf einem Stuhl in der Selbstführungsgruppe. Wieder ein Stuhlkreis der darauf wartete, mich in seine Mitte zu ziehen. Stuhlkreisallergiker, wie ich einer bin, stehen hier in der Klinik vor einer schweren Belastungsprobe. Nahezu jede Gesprächsrunde setzt sich reflexartig, wie der Name „Runde" ja schon sagt, in einem solchen Kreis zusammen. In dieser, meinem morgendlichen Gemüt nicht zuträglichen Position, lauschte ich nun achtsam den Worten unserer Therapeutin. „Wir kommen ins Stehen!". „Schön formuliert", dachte ich, während ich mich langsam von meinem Platz erhob. Meine inneren Chakren erschraken und mein mühsam zusammen gebasteltes inneres Gleichgewicht stürzte wie ein Kartenhaus in sich zusammen, als die Worte: „Wir wollen uns zur Musik bewegen", an meine Gehörknöchelchen trommelten. Och nee, menno! Das waren meine wenig esoterischen Gedanken. Sofortige Versteifung der äußeren Extremitäten, erhöhter Puls, galoppierende Unlust und Schwitzflecken waren der Lohn für meine amoklaufenden Denkmuster.

„Muss das sein? Tanzen?" Und schon hämmerte Michael Jackson durch den Raum. Sockentragende, meist weibliche, tasmanische Tanzteufel inszenierten das Endstadium des Woodstockfestivals nach. Übertriebenen Tanzbewegungen folgte wildes Haare schütteln gepaart mit Regentanzeinlagen. Oh, nein! Armer Herr Jackson. Das war bestimmt nicht seine Absicht gewesen. Der klägliche Rest der Gruppe, also wir Männer, stapften grobmotorisch, taktfremd und antiorgiastisch mit Tennissocken als Fußschmuck durch den Raum. So ein Lied kann lang sein. Sehr lang. So bewegte ich unlustiger werdend meine Beine und Arme, während meine Augen zum Fenster hinaus schlüpften. Kleine Kinder machen das genauso. Sie schließen die Augen oder schauen woanders hin und glauben, dadurch kann sie keiner mehr sehen. Nun schloss ich die Augen und es funktionierte. Zumindest konnte ich die anderen nicht mehr sehen.

Nach diesem zu frühen Höhepunkt des Tages jagte der Stundenplan alle „Neupatienten" in den großen Heiligenfeldsaal. „Patientenversammlung" stand da und danach sah es auch aus. Natürlich wieder einmal auf Stühlen oder

Decken in einer kreisähnlichen Form sitzend, kniend und liegend, lauschte das Patientenauditorium den Worten des Sprechers. Dann seines Stellvertreters, des Zeitschriftenbeauftragten, des Achtsamkeitsvorsitzenden und der Schlüsselfrau des Musikinstrumentenschrankes. Es wurden Patientenanliegen angesprochen, Wünsche geäußert, Posten vergeben und Begrüßungsrituale durchgeführt. Da in dieser Klinik nicht laut geklatscht werden darf, weil Hörgeschädigte unter den Mitpatienten weilen, wurde Zustimmung oder Applaus durch das in die Luft recken beider Hände mit gleichzeitigem wild herumfuchteln angezeigt. Was eigentlich einen durchaus sinnvollen Hintergrund hatte, wirkte auf mich gespenstisch und außerirdisch. 100 Personen streckten schüttelnd ihre Hände zur Decke. Tosender Applaus in absoluter Stille. Das ist so, als ob man angezogen Sex hätte oder sich in eine kalte Sauna setzt. Irgendwie komisch eben. Diejenigen Patienten, welche sich hier mit Feuereifer in den Vordergrund drängten, erinnerten mich sehr an ähnliche Menschentypen draußen in der richtigen Welt. Mr. und Mrs. Wichtig. Da wurde mit bierernster Mine der genaue Kontostand der Patientenkasse verkündet und wie bei der Vollversammlung der UNO darüber abgestimmt, ob nun drei neue Liederbüchlein oder doch lieber vier neue DVD-Filme für das Patientenkino angeschafft werden sollten. Ein Gegenantrag jagte den Nächsten, nur unterbrochen von Winkehändeorgien und der nächsten skurrilen Abstimmung.

Ab da schaltete ich ab und mich erst wieder ein, als die nicht mehr ganz neuen Mitpatienten, also auch ich, mit einem Gedicht, einem Lied und einer Rose nochmals willkommen geheißen werden sollten. Natürlich standen wir wieder in einer halbkreisähnlichen Aufstellung und waren dennoch irgendwie tief gerührt von den dargebrachten Vorträgen.

So fühlte ich mich immer noch, als sich meine Kerngruppe nochmals zum Gespräch traf. Diesmal stand Therapie auf dem Programm. In Begleitung unseres Casemanagers, das ist neudeutsch für Therapeut, wurden nun psychologische Tiefenbohrungen bei den Beteiligten durchgeführt. Natürlich sind wir alle hier in der Klinik nicht auf Urlaub oder zur Kur. Deshalb ist es zwar nicht leichter, seine fleckige Seele auf links zu drehen und vor den anderen darüber zu sprechen, aber es ist unumgänglich.

Auch die hier geschehenen Gespräche werden niemals den Gruppenraum verlassen. Das verbietet sich natürlich aus vielerlei Gründen. Was ich hier hörte, machte mich klein. Ich saß zusammengesunken mit einer Decke um die Schultern wie ein Häufchen Mensch auf meinem Stuhl und konnte nicht verhindern, dass mein ganzer Körper leicht zu zittern begann. Eine Mitpatientin sprach von ihren Erfahrungen am Arbeitsplatz und mit den Kollegen, seit dem sie ihre Diagnose bekanntgegeben hatte. Dieses Arbeitsthema jagte meinen Puls hoch und mein Herz hämmerte bis unter meine Hirnrinde. Ich atmete fast schon hyperventilierend und meine Beine tanzten ihren eigenen Zitterblues.

Dann brach es aus mir heraus und alle 18 Augenpaare der um mich Sitzenden starrten mich erschrocken an.

„Ich gehe da nie mehr hin. Keiner bringt mich mehr auf dieses Sklavenschiff!“, presste ich heraus. Dann fiel ich fast seitlich vom Stuhl und es dauerte trotz des Eingreifens des Therapeuten lange, bis ich mich wieder einigermaßen gefangen hatte. Da war es also, mein Thema, das aus mir heraus wollte. Mein Körper hatte heute alle weißen Flaggen gehoben und geschwenkt, um mir die Richtung zu zeigen.

Nach all den vielen Gesprächen und der Tatsache Tribut zollend, dass heute irgendwie alle in unserer Gruppe am Limit waren, wurde kurzerhand eine Körper- und Traumreise angesetzt. Vielmehr liegt man dabei auf einer weichen Matratze und ist unter einer Decke in einem geschützten Rahmen. Der Therapeut, den ich liebevoll Shakira nenne, führte uns mit einem Text, den er vorlas, durch diese Reise.

Auf einer schönen Blumenwiese sollten wir zu einer Hütte an einem Bach laufen. Dort in der Hütte wartete, so der Traum, unser um Jahre gealtertes und weises Ich auf uns. Wir dürfen ihm eine Frage stellen. Die wichtigste Frage unseres Lebens. Und unser Ich, das in dieser Hütte auf uns wartete würde uns antworten.

Nun, es war ein unbeschreiblich friedvolles, Verbundenheit ausstrahlendes Gefühl, als die grob gezimmerte Hüttentür nach meinem zaghaften Anklopfen aufschwang und ich mir in die Augen schaute. „Gut sehe ich aus. Älter, gereifter, aber gut“, dachte ich verwirrt und fasziniert zugleich. Dann stellte ich meine Frage und erhielt meine Antwort. Das war alles!

Mein Hütten-Ich sagte mir, ich solle mich nun auf den Weg machen. Dieser Weg führt wieder genau hierher. Zu dieser Hütte, in der ich mich dann im wirklichen Leben treffen werde.

Traurig und gleichzeitig beschwingt machte ich mich auf den Weg. Eigentlich wollte ich nicht fort von hier. Dieses hier war ja schon das eigentliche Ziel meines Lebensweges, der noch vor mir lag. Aber so funktioniert das nicht. Erst muss der Weg gelaufen werden und dann darf ich auch dort an diesem magischen Ort bleiben.

22.02.

Wütend meinen ungezuckerten Kaffee trinkend sitze ich heute Morgen am Frühstückstisch. Wütend, weil die blöde Waage auch nach einer Woche Saunierens und frostigem Morgensport nicht daran denkt, kleinere Zahlen anzuzeigen.

Also zog ich gefrustet meine Mütze auf, die Handschuhe an und knallte mir laute Musik aus meinem MP3-Player auf die Ohren. Leider hatte der heutige Ausflug in den Park zum Ziel, dass sich jeder aus unserer Patientenrunde einen Baum aussucht. Der Baum sollte dann dazu dienen, mit Mutter Natur in Kontakt zu treten. So schwärmten wir in den bitterkalten Morgen hinaus und ich schämte mich ein wenig, dieses Theater mitmachen zu müssen. Da ich schon vor einigen Tagen eine kleine, abseits stehende Birke bemerkt hatte, wusste ich genau wohin ich lief, als ich die ausschwärmende Patientengruppe verließ. Birki, so nannte ich meinen auserkorenen Baum, wurde nur kurz von mir begrüßt. Kraft und Energie solle einem sein Lieblingsbaum schenken. Na ja, dann schau ich mal wieder in drei Wochen vorbei, wenn der erste Frühlingshauch mein Bäumchen zum Leben erweckt hatte. Durchgefroren ging die unlustige und verschämt dreinschauende Patientenschar wieder zur Klinik zurück, um sich aufzuwärmen. Trotz Winterjacke und Handschuhen kroch mir die Kälte bis in die Knochen. Und meine kleine Birki stand da draußen im Nachtfrost, nur ihr kurzes Borkenkleidchen tragend und ertrug das alles still. Da sag mal einer, dass mein Baum kein Held sei! Klein, aber oho!

So mit guten Gedanken beseelt hatte ich heute mein erstes Einzelgespräch bei Shakira. Wie viel Kraft mich diese 60 Minuten am Ende gekostet hatten, machte sich erst kurze Zeit später bemerkbar. Ich will es in einem Bild beschreiben. Meine „Baustellen" wurden markiert. Das Gestrüpp darüber wurde entfernt, das Gras gemäht und der Bagger ist vorgefahren. Ich habe auch schon mit der Schaufel einige hektische Löcher gegraben. Schnell musste ich aber aufgeben, weil zu viele Steine und Brocken im Boden verbuddelt sind. Den Bagger werde ich also auf jeden Fall brauchen. Nur muss ich mir noch über die Dimensionen meiner Baugrube klar werden. Mit „Pipi" in den Augen wankte ich wie benommen aus diesem Gespräch. Das passte ja zum Thema der direkt im Anschluss stattfindenden Burn-Out-Gruppe. Wenn Burn-Out sich nach irgendetwas anfühlte, dann nach mir. Zu spät kommend schlich ich mich, eine halbherzige Entschuldigung murmelnd, auf einen Stuhl in den auseinanderrückenden Stuhlkreis. 100 Minuten saß ich nun da und atmete. Mehr konnte ich nicht. Atmen und irgendwie versuchen, nicht vom Stuhl zu kippen. Mein Körper saß also hier in diesem Raum und hörte teilnahmslos den Ausführungen der Kursleiterin zu. Der große, nebulöse Rest von mir lag noch in einem der Löcher meiner virtuellen Baustelle. Irgendwie schlich ich mich nach Ende dieses Kurses auf mein Zimmer und ließ mich auf mein gemachtes Bett fallen. Diese Müdigkeit, wie ich sie in diesem Augenblick verspürte, übertraf alles, was in meinem bisherigen Leben vorhanden war. Dann schrak ich auf. Das Telefon klingelte und riss mich aus meinen Endzeitphantasien. Eva war am Apparat. Gott sei Dank rief sie an. Sie murmelte etwas von „heiße Schokolade trinken" und ich murmelte zurück: „Gib mir 3 Minuten!" Das unvorstellbare, nämlich dass ich mich aufraffen und in den Speisesaal gehen konnte, gelang mir doch. Alles war besser, als hier zu liegen und Schnappatmung zu zelebrieren. Eva rettete mich an diesem Tag. Definitiv. Dafür danke ich ihr! Durch ihren Anruf kehrte ich in die Wirklichkeit zurück. Wer weiß, was ein Mensch, der mit allen Kräften am Ende ist, sonst noch für Dummheiten gemacht hätte.

Mein Tick, Menschen und deren sprachliche Besonderheiten für meine Parodien über Selbige zu gebrauchen, bricht immer wieder mit mir durch. Ein Rheinländer, der nimmermüde betonte, aus der Nähe von Köln zu stammen, hatte die Angewohnheit, zu allen Gruppenterminen zu spät zu kommen. Mit seinem durchdringenden Sprachorgan entschuldigte er sich dann, seinem Kölner Dialekt hingebend, bis alle mit tränenden Augen auf ihren Stühlen saßen. Zettel, er hatte immer unzählige Zettel und eine braune Ledertasche dabei. Egal, ob zum Essen oder in den Schulungen. Zu spät kommend taperte er kölsch artikulierend und Zettel tragend durch die Welt. Immer eine Frage auf den Lippen oder ein nettes Wort. Damit ich von ihm nicht bei seiner Parodie erwischt werden konnte, gab ich ihm einen anderen Namen. Bei mir war das Herr Zettelmaier. Und mit dem bestmöglichen Kölner Akzent sprach ich mir nun, Klinikphrasen dreschend, meinen Frust von der Seele.

Wenn ich in seine Rolle schlüpfe, dann hilft mir das, an manchen Tagen die ganzen Ratschläge und Anregungen zu verdauen. Herr Zettelmaier floskuliert wild und hanebüchen über die von Therapeuten und Mitpatienten ausgeatmeten Lebensweisheiten. Herr Zettelmaier darf frech sein. Sehr frech sogar. Und mit diesem Till Eulenspiegel in meinem Kopf lassen sich die Tage, an denen ich kopfschüttelnd durch die Klinik ging, einfacher verarbeiten.

Wenn ich meine Kernis wieder einmal mit rheinischen Mundartsätzen wie: "isch möschte jerne Zujang zu dir haben, nä" oder „das jeht mia jetzt jefühlt irjentwie zu schnell" bombardierte, dann wussten sie, dass ich mal wieder Dampf ablassen musste. Mein Lieblingssatz war: "...jetzt spüa maal in disch rain, wat es mit dia machen tut...". Das Schlimme ist, dass diese und ähnliche Sätze meist in vollem Ernst von im Schneidersitz hockenden, esoterische Teetassen in ihren Händen haltenden, ihren selbstgestrickten Pulli tragenden, verständnisvoll dreinschauenden, nickenden Frauen gesprochen werden.

Heute Morgen kam eine Mitpatientin zu mir an den Frühstückstisch und wir plauderten. Da wir uns von Beginn an gut verstanden haben, wagte ich mich ein wenig aus der sprachlichen Deckung. Ihre Einzeltherapiestunde würde krankheitsbedingt heute leider entfallen, sagte sie mir. Natürlich bot ich mich spaßeshalber, und um den schon bestehenden Humorfaden weiter zu spinnen, an, ihr Ersatztherapeut zu sein. Was sich in den nächsten fünf Minuten entwickelte, war eine Sternstunde der Comedy. Mit bierernsten Mienen, die jeweilige Rolle überzeichnend, waren wir nun plötzlich Patient und Therapeut. Innerlich tobte bei uns beiden der Lachwahnsinn, aber wir legten los. Die verwunderten Blicke der stehenbleibenden Patienten oder der Anderen, die am Tisch saßen und aufhörten zu frühstücken, signalisierten uns, dass wir gut waren. Das Pingpong-Spiel immer weiter auf die Spitze treibend, kreierten wir Sätze wie: „Nun spüren sie einmal tief in sich, was dieses Gefühl mit Ihnen macht" oder „welche Worte beschreiben das, was sie gerade empfinden am Besten". Kopfnickend und esodramatisch dreinschauend saß ich ihr dann gegenüber und antwortete auf Ihre Entgegnung, das von ihr gesagte stoisch ignorierend, meist mit einem weiteren Stereotyp. Als uns mehr und immer mehr Gesichter fassungslos anstarrten hielten wir es nicht mehr aus. Die Anspannung zerstob in schallendem, viel zu aufgekratztem Gelächter, gegurgelten Wortfetzen und wildem Schenkelgeklopfe. „Das ist alles Teil der Therapie" presste ich heulend vor lachen und mit hochrotem Gesicht hervor und erneut verfielen wir in wildes Gelächter. Jetzt erschreckten wir die allerletzten Neugierigen, die um uns standen. Kopfschütteln und mancher böse Blick waren der karge Lohn für unsere Vorführung. Das Künstlerleben ist eines der Härtesten. Gerade hier drinnen!

Dass das reale Leben aber einen langen Arm hat und sogar durch die Mauern der Klinik bis hier hinein reicht, merkte ich am Abend dieses so ausgelassen begonnenen Tages. Bei einem Telefonat mit zu Hause holten mich die realen Dinge wieder ein. Es gab irgendwelche Punkte mit meiner Krankenversicherung zu klären, falsche Steuerbescheide zu korrigieren. Eben allerhand Schreibkram zu erledigen, den ich fern der Heimat eben nicht erledigen konnte. Zum einen wollte und sollte ich mich ja von diesen Tätigkeiten zurückziehen, sie geradezu meiden, weil sie mir in meiner momentanen Verfassung groß und unüberwindlich vorkamen. Das was ich früher, als ich noch funktionierte, so nebenbei erledigen konnte, stellt mich heute vor unüberwindliche Probleme. Zum anderen war ich eben nicht zuhause, sondern hier im geschützten Raum der Klinik. Aber wie von Geisterhand warten diese Erledigungen nur darauf, bis du dich in deinem „neuen Leben“ gerade beginnst wohl zu fühlen, um dann wie jetzt bei mir, zuzuschlagen. Die Folge dieser Erinnerungen, dass es da draußen mal wieder nur ums Geld ging, war, dass mein Akku stehenden Fußes entladen wurde. Panik beschlich mich. Wie versteinert saß ich nun, nachdem der Hörer des Zimmertelefons wieder auf seiner geliebten Gabel lag, an meinem Schreibtisch. Unfähig einen klaren Gedanken zu fassen. Später lag ich Decken starrend auf meinem Bett und kämpfte erfolglos mit stumpfem Schwert gegen das dominante „mir ist alles egal"- Gefühl an. Dann, nach gut drei Stunden hatte ich zumindest so viel Kraft, um von meinem Handy aus meine Krankenversicherung anzurufen. Ich wollte Klarheit, ob und wenn ja was schief gelaufen ist. Nachdem ich meine Versicherungsnummer aufgesagt und mein Anliegen formuliert hatte, bemerkte ich etwas Seltsames. Die anfangs monotone und eher hektische Stimme des Sachbearbeiters änderte sich schlagartig in mitfühlend und laaaangsam. In dem Augenblick hatte er wahrscheinlich meine Diagnose gelesen. Mehr amüsiert als irritiert beobachtete ich dieses Phänomen, während ich meine Fragen klären ließ. Gott sei dank stellte sich heraus, dass es nur ein Routinefragebogen für meine Hausärztin war, der mich so in Panik versetzt hatte. Jetzt ging es mir langsam besser. Fast schämte ich mich dafür, vor einigen Minuten aus nun unerklärlichen Gründen, komplett aus der Bahn geworfen worden zu sein. Zuhause lief das Räderwerk auch auf Hochtouren. Meine Frau und meine Steuerberaterin suchten und fanden die fehlenden Unterlagen zusammen, um schnellstmöglich die Bilanzen fertig zu stellen. Das beruhigte mich nochmals. Ausatmen, einatmen, bis zehn zählen und in mich hinein spüren. Worüber ich mich noch heute Morgen lustig machte, half mir gerade wirklich. Gut, dass mich niemand von meinen Mitpatienten so sah.

01.März Tag der Stille

Der Tag der Stille ist ein Tag in der Klinik, an dem KEIN Wort gesprochen wird! Handy, Telefonate, PC und Notebook waren verboten. Wir Patienten bekamen Ansteckschildchen mit dem Aufdruck STILLE, die wir an diesem Tag tragen sollten. Natürlich erhielt mein Schild durch das Wort *„mich“* einen gänzlich anderen Sinn. Nach vielen Stunden des Schweigens, und nachdem ich meine oberflächliche Betrachtung dieses Schweigens abgelegt hatte, brachte ich folgende Zeilen zu Papier…

Wenn Worte nicht ertönen sollen,
dann wird die Welt erst laut.
Ein Flüstern ist wie Donnergrollen,
der Blick nach innen schaut.
Mit andren Augen seh´ ich zu,
wie alles um mich schweigt.
Ich trag die Stille, halt die Ruh´,
nach innen bin verneigt.
Die Innenwelt wird plötzlich bunt,
mit Leben sie sich füllt.
Was endlich tut sich mir jetzt kund,
war lange Zeit verhüllt.
Kann seh´n nach außen und hinein,
die Sinne sich verweben.
Will reden, weinen, lachen, schreien,
DAS alles nenn´ ich LEBEN!

03.03.2011 Therapie für Therapeuten

Die Theorie, dass sich Patienten und Therapeuten in einer Klinik wie dieser nur durch die Farbe ihrer Namensschilder unterscheiden, wurde heute wieder bestätigt. In einer der berühmten Morgenrunden mit dem Thema „Gewaltfreie Kommunikation" lernten wir, wie man es wohl am Besten nicht machen soll. Das allerdings unfreiwillig. Die unterirdisch schlechte Vorstellung der verwirrt wirkenden Ärztin gipfelte darin, dass sie die „Haltung der Königin" uns Zuschauern vormachte. So, das war die Intension dieser Übung an einer Mitpatientin, solle die Fragende mit Stolz vor dem befragten Gegenüber stehen. Das alles war noch nachvollziehbar und fußte auf einer tatsächlichen Wechselwirkung zwischen innerer, äußerer Haltung und der Art zu Kommunizieren. Dann aber fügte sie in vollem Ernst beiläufig hinzu, dass in dieser Haltung auch sehr reaktionsschnell ein Schlag auf den kommunikativen Widerpart geführt werden könne. Wow. Gewaltlose Kommunikation habe ich mir immer irgendwie gewaltloser vorgestellt. Auf keinen Einwurf oder eine Frage der Patienten eingehend, plapperte sie danach weiter wirr auf die staunende Stuhlkreisschar ein. Zu gerne hätte ich gewusst, welchen Stundensatz diese Dame heute abrechnete. Wir alle, die wir rosafarbene Namensschilder tragen, wären heute Morgen besser zum sinnlosen Wassertreten an die Saale gegangen. Das hätte wenigstens die Durchblutung in den unteren Körperextremitäten beschleunigt. So aber saßen wir alle mit dicken Hälsen und zornesroten Köpfen beisammen und fielen nacheinander vom Glauben an die Unfehlbarkeit des Arztes ab. Ach ja, weil wir gerade so lustig zusammensitzen. Heute ist „Altweiberfasching". Meine Gedanken schweiften ab zu den Partyvorbereitungen in der Heimat und an die Vorfreude, die in den Köpfen der heute Abend durchs Dorf ziehenden Meute schon in bester Stimmung auf und ab hüpfte. Tja, das wird dann wohl ein trauriger und spaßloser Faschingsabend. Helau!

Die Mitte: Schwemmholz des Lebens.

Bevor ich hier unvermittelt und urplötzlich in die Besonderheiten einer Kerngruppe eintauche, möchte ich einige erklärende Worte vorausschicken. So ist mir das auch in der Klinik hier am angenehmsten. Mein ungläubiges Staunen gegenüber so manchen Ritualen und Abläufen verringert sich durch einige einleitende Worte oft auf ein erträgliches Maß, oder erzeugt sogar so etwas wie Verständnis.

Jede Woche also wird für unsere Kerngruppensitzung in der Mitte des Seminarraumes eine „Mitte" neu dekoriert. Das praktische an einer gestalteten Mitte ist, dass der Blick bei unangenehmen Themen oder bewegenden Momenten ein Ziel hat und niemand in die Leere des Orkus starren muss. Egal, ob diese Mitte nun aus einer runden Holzplatte mit martialisch wirkende Granitbrocken besteht, oder ein bunter Frühlingsblumenstrauß zwischen Klangschalen, Buddhastatuetten und brennenden Kerzen steht. Du hast dann wenigstens etwas zum anschauen, hinschauen oder wegschauen. Diese Mitte ist in freier Reihenfolge von jedem in der Kerngruppe einmal selbst zu gestalten. Da meine heutige Nacht wieder einmal unter dem Titel „schlaflos in Bad Kissingen" stand, hatte ich Zeit. Zeit, um aus Halbschlafgedanken, die dem Stück Treibholz, das ich vor einigen Tagen am Ufer der Saale fand, galten, sinnvolle Worte zu formulieren. Das ca. einen Meter lange Holzteil einer einst mächtigen Buche fand ich beim Spazierengehen. Das vor zwei Wochen herrschende Hochwasser an der nun so friedlich dahin fließenden Saale hatte damals den halben Park überschwemmt und auch dieses Holzteil von flussaufwärts hierher getragen. So waren jetzt, als ich hier so langsam entlang schlenderte überall noch die Spuren der Flut deutlich zu sehen. Aus einem Haufen aufgetürmten Mülls und angeschwemmter Äste ragte es heraus. Zwei Tage später und im Schutze der Dunkelheit holte ich es dann in die Klinik zum Trocknen. Zum damaligen Zeitpunkt wusste ich noch nicht, dass sich in der heutigen schlaflosen Nacht meine Gedanken um dieses Holz drehen würden. Heute, da mir die Gedanken um meine Mittendeko den Schlaf raubten, schrieb ich sie auf. Die Geschichte vom Schwemmholz.

Schwemmholz des Lebens.

Zerschlagen, erschöpft und kraftlos lag ich nun hier im Gestrüpp neben dem kalten Fluss. Kaum sah man noch ein Stück meines kümmerlichen Restes zwischen den anderen Ästen und dem angeschwemmten Müll herausragen. Allesamt waren wir ausgespuckt worden und gestrandet. Vor uns hinfaulend erzeugten wir ein letztes Mal Wärme. Dieser dampfende, modernde Haufen war nun mein Zuhause geworden. Von keinem der Vorbeigehenden eines Blickes gewürdigt.

Einst war ich ein mächtiger und großer Baum, der weit entfernt von hier flussaufwärts in den Himmel wachsen wollte.

Viele andere hatte ich durch mein zielstrebiges und schnelles Gedeihen überflügelt und sie mussten im Schatten meiner ausladenden Äste stehen. Alle Kraft setzte ich dafür ein, nach oben, zur Sonne zu streben. Immer weiter. Zwar hatte ich Wurzeln, doch derer schämte ich mich fast. Sie waren da unten in der dunklen, feuchten Erde und funktionierten irgendwie.

Ich fiel an einem Sonntagabend. Eine plötzliche Böe hatte leichtes Spiel. Ich hörte noch das Heranrauschen des Windes, konnte aber nicht mehr reagieren. Der Sturm nahm mich einfach an meinen himmelwärts gerichteten Ästen und warf mich nieder. Nun, im Schatten meiner überflügelten Konkurrenten liegend, wurde das meiste von mir zersägt und verbrannt. Meine einst so stolzen Äste lagen achtlos auf einem glimmenden, stinkenden Feuerhaufen. Dann, als nur noch einige Fragmente von mir übrig waren, kam die Flut. Früher, so dachte ich nun teilnahmslos und allenfalls verwundert, früher konnte ich dem wiederkehrenden

Hochwasser mit Leichtigkeit standhalten. Es durchnässte nur meine Wurzeln und kratzte an meiner Rinde. Ich aber war immer hoch oben sicher gewesen. Weit weg von dem, was da unten geschah.

Ein Spielball des Wassers zu sein bedeutet auch, auf den Grund gedrückt zu werden. Keine Luft zum Atmen und die geliebte Sonne durch die schlammige Brühe kaum noch sehend, wurde ich fortgerissen. Steine, Sand und Abfall zerkratzten meinen schon geschundenen Korpus, bis nicht mehr viel davon übrig war.

So plötzlich wie sie kam, war die Flut auch wieder vorbei. Nun liege ich hier beim restlichen Treibgut und ergebe mich meinem Schicksal.

Dann werde ich berührt, hochgehoben und an einen trockenen und sicheren Ort getragen. „Du bist etwas Besonderes!", hörte ich jemanden zu mir sagen. „Selbst kannst du es nicht erkennen, aber ich sehe es! Vergiss dein bisheriges Baumleben. Bald beginnt dein neues Leben. Du bist angekommen!" Endlich!

Heiligenfeld, März 2011

Tiefpunkt

Der gestrige Abend war der absolute Tiefpunkt meiner bisherigen Faschingslaufbahn. Wissend, dass Zuhause gerade die tollsten der tollen Tage anbrachen, saß ich hier inmitten eines kunterbunt geschmückten Speisesaales. Die Haare hatte ich mir mit am gleichen Tag hastig gekauftem rotem Glitzerspray eingefärbt, und mutig das ebenfalls hier in Bad Kissingen erworbene T-Shirt mit der Aufschrift „Nicht therapierbar!“ angezogen. So saß ich hier auf dem Faschings-Galaessen und fühlte mich so fremd wie selten zu vor. Die dunkle Matrix-Sonnenbrille gab mir jedenfalls etwas Schutz. Schutz auch davor, dass mir alle, die mir in die Augen schauen würden, mir auf den ersten Blick ansähen, wie es in mir wirklich aussieht. Nun hier am Tisch bei den anderen zu sitzen, hätte ich mir vor zwei Stunden nicht vorstellen können. Nie und nimmer! Schon der Name des Kurses, in dem ich vor diesen Stunden vor der Faschingsfeier saß, war kompliziert. „Systemische Therapie“. Mhmm! Aus der vor diesem Kurs stattfindenden Sprechstunde der Atemgruppe kommend, saß ich dann in diesem ca. 100 minütigen Schauspiel, genannt systemische Therapie, und hatte keine Ahnung, dass es mein Leben verändern würde. Es ging um Familienaufstellungen. Mehr wusste ich auch nicht. Einige kurze Infos hatte ich zwar vorab erhalten, das war allerdings so, als ob jemand vor dem ersten Fallschirmsprung die Information: „es wird ein wenig zugig werden!“ bekommen hätte.

Ungläubig, schockiert, fasziniert und gerade merkend, dass mir beim Schreiben darüber die Worte ausgehen, saß ich da auf diesem Stuhl und presste ein Kissen unbewusst vor meine Brust. Die Augen hatte ich, um von meinem offenstehenden Mund abzulenken, starr auf das gerichtet, was genau hier vor mir ablief. Ich will und werde aus Respekt und Hochachtung vor allen Anwesenden nichts von dem berichten, was dort konkret geschah. Aber ich merkte, dass es so unfassbar viel mit mir und mit dem Grund, warum ich HIER war, zu tun hatte. Halb dem Geschehen der Aufstellungen folgend, und mit der anderen Hälfte über mich und meine Familie sinnierend, konnte ich nur diese Naturgewalt an neuen Eindrücken über mir zusammenschlagen lassen.

In dieser Verfassung, nur mit roten Haaren, halbwegs lustigem Shirt und einer Sonnenbrille auf der Nase, saß ich die besagten beiden Stunden später am Tisch der spaßlosen Narren, und fühlte mich so leer und deplaziert. Da ich mich selbst miesepetrig kaum leiden kann, zwang ich mich dazu, halbherzig Witze reißend, diesen Abend zu überstehen. Der Kommentar, der mich unvermittelt aus dem Munde meines Gegenübers traf, war brutal. Einerseits traf er mich mit leeren Akkus genau da, wo es mir in dieser Verfassung am meisten weh tat. Aber am allerschlimmsten war, dass er mit dem, was er sagte, Recht hatte. Einen Spruch wie: „zieh doch mal deine Clownsmaske ab, aber dahinter ist ja nicht viel" hätte ich an jedem anderen Tag und in einer halbwegs normalen Verfassung, mit auf dem Rücken zusammengebundener Zunge locker parieren können. Aber heute nicht.

Der Abend war gelaufen. Gründlich bedient, mit versteinerter Miene dasitzend, ließ ich die Vorspeise, den Hauptgang und noch weitere 40 Anstandsminuten an mir vorüberziehen. Dann ging ich.

Verletzt, waidwund und die Wahrheit wie einen Klumpen Hundescheiße, der am Absatz klebte, mit mir führend, fiel ich ins Bett und schlief ein. Auf der Stelle war ich weg. Dem Kopfkissen nach, das am nächsten Morgen rötlich schimmernd, und fast nicht zerknittert in meinem Bett lag, habe ich mich erstens nicht mehr abgeschminkt und zweitens kaum im Schlaf bewegt. Wie ein Stein, so sagt man dazu treffend, hatte ich bewusstlos im See des Dämmerns verbracht. Steinern und bleiern, so fühlte ich mich auch noch, als ich den ersten und zweiten Kaffee in mich schüttete.

„...nicht mehr viel da...." murmelte ich währenddessen und nickte wissend, so als ob ich mir selbst immer wieder das gestern von meinem Gegenüber gesagte bestätigen musste.

Ich war wütend auf mich. Wütend, weil ich hier in der Klinik so blöd war, die gleichen Verhaltensmuster an den Tag zu legen, wie die letzten 30 Jahre in freier Wildbahn. Alles war hier drinnen nur wesentlich komprimierter. Eine Essenz des Verhaltens quasi. Jedem gefallen wollen, gemocht werden, anzukommen, witzig zu sein. Dieses Programm lief bei mir gerade wieder auf voller Drehzahl. Geben, bis nichts mehr da ist. Bis ich mich leer fühle, oder mir meiner Leere bewusst werde. Das Gleiche also wieder hier drinnen. Leute zum Lachen bringen ist eine Kunst, die mir leicht fällt. Aber dabei vergesse ich oft, die Bremse rechtzeitig zu ziehen. Dann verwandelt sich der „charming" Junge in einen Clown. Ich sollte ihm dankbar sein. Nein, nicht dem Clown, sondern dem, der mir die Clownsmaske gestern verbal vom Gesicht gezerrt hat. Dankbar, dass er mir mit diesem Satz einen Warnschuss gegeben hat, bevor auch der letzte, wahre Kern von mir zu verschwinden drohte. Ich habe verstanden.

Solche Lebensweisheiten murmelnd saß ich nun schon bei meinem vierten Kaffee und bemerkte nicht viel um mich herum.

Andrea, eine Berufskollegin aus Hannover, bemerkte meinen innerlich tobenden Kampf und sprach mich an. Sie nahm meine Hand und war nur da. So als ob ich eine blinkende Leuchtschrift über meinem Gewitterwölkchen, das über mir schwebte, hätte. Darauf würde stehen: "ähm, sieht denn niemand, wie schlecht es mir grad geht??????????" Sie sah es und irgendwie schaffte sie es, mich aus der schattigen Saalecke in den sonnigen Wintergarten zu bugsieren. Wortlos starrten wir in den langsam ergrünenden Park und schlürften unsere heißen Schokoladen. Tränen liefen mir über die Wangen und es war mir egal.

Dann, in der an diesem noch jungen Tag stattfindenden Gruppenbesprechung, kam nach meinem gefühlsmäßigen nun auch mein körperlicher Zusammenbruch. 12 bis 15 Stunden hatte mein Wille sich dagegen angestemmt. Nun aber folgte mein ganzer Körper der Melodie, die meine Seele ihm traurig vorspielte. Händezittern verwandelte sich in Ganzkörperschütteln. Nach Luft japsend brach es aus mir heraus. Kurz und heftig. Dann war nur noch Ruhe und Leere da.

Die Büttenrede, die nie gehalten wurde.

Für einen Narren ist es schwer nachvollziehbar, dass es Menschen gibt, die mit der Faschingszeit nichts am Hut haben. Bei mir gipfelte meine närrische Stimmung darin, dass ich für den so enttäuschend verlaufenen Faschingsabend in der Klinik sogar eine Büttenrede vorbereitet hatte. Die wurde von mir an diesem Abend natürlich nicht, und daher nie vorgetragen. Aber der tiefere Sinn einer Büttenrede ist es, vorgetragen zu werden und in den Köpfen des Publikums die Humorareale zu befeuern.

So geistert meine nie gelesene Rede, wie die Seele eines Untoten durch meine Manuskripte.

Zuerst wollte ich sie wegwerfen. Es hängen eben viele, schmerzliche Erinnerungen daran. Aber nur durch das Abdrucken in diesem Buch kann die Rede nun ihren Lebenszweck erfüllen und danach ins Büttenredennirvana eintreten. Oder in den Kalauerhimmel, Schenkelklopferfegefeuer.....

Dies kunterbunte Narrenhaus,
Sieht heut´ besonders närrisch aus.

Durch Namensschilder wird sonst klar,
wer ist normal, wer sonderbar,

Erkennst, wer ist Patient, wer Therapeut.
Soo isses sonst, abber nicht heut!

Heut´ sinn die Grenze wild verschwomme,
unn es ist auch schon vorgekomme,

dass Narrenworte, weise gesprochen,
gut sind für Seele, Herz und Knochen.

So frag ich euch, ernst und gemein,
könne sieben Menschen 8-sam sein?

Und neue Kurse gibt's heut auch!
Das ist an Fasenacht so Brauch.

Therapeutisches Stricken,
tandrisches Schnaufen,
mit Tigern auf der Matte raufen.

Trommeln bis die Felle platze,
sich mit nem Stock am Hinnern kratze.

Das alles wird hier angeboten,
und zum Pflichttermin erhoben.

Der Park, der ist jetzt Sperrgebiet,
weil man dort zu viele Narren sieht.

Die Bäume fühlen sich belästigt,
und wir hier wurden gleich verdächtigt.

Fast jeden Tag gesunde Speisen,
die nächtens in den Därmen reißen.

Was aussieht wie Schnitzel oder Fleisch,

ist nur Gemüs´ im Blätterteig.

Doch heut gibt's Fleisch und Käs und Fisch,
die Narrentische biegen sich.

Doch geht's um mehr, als Blödelei,
die Fasenacht ist bald vorbei.

So hoff ich, liebe Närrinnen und Nahalesen,
dass alle hier alsbald genesen.

Wir sind hier, weil wir närrisch sind,
uns treiben lassen wie der Wind.

Die Sorgen liegen im Tresor, `ne Decke drüber, Schrank davor.

Da bleiben sie bis morgen früh,
heut lasst uns feiern, wie noch nie.

Ich ruf euch zu, drum hört genau.
Ich grüß euch mit dreifach
Helau,Helau, Helau.

07.03. Rosenmontag–Tag der Entscheidung

Davon wusste ich allerdings kurz nach dem Aufstehen noch nichts. Die Meditation genießend, begann ich mich wieder und sehr langsam zu sammeln. Dann in der Gruppentherapie sitzend, nahm ich mir für die heutige Session vor, mich zurück zu halten und nicht im Rampenlicht zu stehen. Fränki, ein Berliner, drückt das immer kurz und passend aus. „Fresse halten anjesagt!" Aber erstens kommt es anders und zweitens als man denkt! Unser neues Gruppenmitglied übernahm heute gleich dankenswerter Weise die Rolle der „tränenreichen Erscheinung". „Puh!", dachte ich. Glück gehabt. Dieser Kelch geht heute wohl an mir vorüber. Fast zufällig kamen wir auf das Thema „Beruf und Arbeitswelt" zu sprechen. Es drehte sich rund um die möglichen Gründe für einen Burn-Out. Teilweise würden die Ansprüche von außen, in Form von Vorgesetzten oder Kollegen, schuld daran sein. Zu einem großen Teil aber auch eigene Perfektionsansprüche an die Arbeit. Wenn beides zusammen käme, dann wäre ein Ausbrennen nur eine Frage der Zeit. So ging die Unterhaltung hin, her und an mir vorbei. Denn ich saß heute wirklich wortlos da und hörte nur zu. Das Nächste, was mir an mir selbst auffiel war, dass ich viel zu schnell atmete, zu schwitzen begann und mein Herz wild galoppierend in meiner Brust herumtobte. Meine innere Unruhe riss sich selbst ihre Maske ab und verwandelte sich in nackte Panik. So rutschte ich, immer nervöser werdend, auf meinem Stuhl herum, und versuchte vergeblich die schon erlernten Antipanikattackentechniken anzuwenden. Es nützte nichts. Als ich am Rande des Zerberstens die Hand hob und meinen kleinen Finger in die Höhe streckte, war augenblicklich Ruhe im Saal. Das war das vereinbarte Zeichen für Notfälle. Und in so einem befand ich mich gerade. Hand hoch, kleiner Finger in die Höhe und schon werden sie geholfen! Da aller guten Dinge wohl drei sind, sollte das in kurzem Abstand mein dritter Kollaps werden. Jede Faser meines Körpers war noch Stunden später verkrampft. Mein Bauch und mein Rücken schmerzten, da ich die Muskeln einfach nicht mehr entspannen konnte. Das war heftig!

Warum das alles wie aus heiterem Himmel über mich kam, wurde mir erst später klar, als ich wieder und wieder die Geschehnisse an meinem inneren Auge vorüberziehen ließ. Der Grund für das heutige Szenario war: ich hatte eine Entscheidung gefällt. Bewusst und klar. Während mein Körper zu versagen schien, waren meine Gefühle so präsent und deutlich wie noch nie. Mein bisheriger Beruf ist beendet. Heute und hier! Nie mehr werde ich dahin zurückkehren. Nicht, weil ich es nicht will, sondern weil ich es aus tiefster Seele nicht mehr kann. Und da ich eben nur einen Körper besitze, werde ich auf ihn hören. Er hatte ja auch laut und deutlich kundgetan, dass dieser Weg für mich zu Ende ist. Das war meine erste Begegnung mit dem „Geist von Heiligenfeld". Weitere werden folgen.

Wie ich mich heute, einen Tag nach den Geschehnissen beim Niederschreiben dieser Zeilen fühle?? Genau so, wie an dem Tag, als ich als kleiner Bub im Freibad meines Heimatortes zum ersten Mal das Becken alleine, frei und aus eigener Kraft durchquert hatte. Das Gefühl hatte ich nochmals während meiner erfolgreichen Versuche als Kind, das Fahrradfahren zu erlernen. Es war an einem Sonntagabend im Sommer. Damals huschte ich nach dem Abendessen noch einmal schnell hinaus, da ich es an diesem Tag endlich schaffen wollte. Ich wollte ohne Stützräder oder fremde Hilfe fahren können.

Und plötzlich, geschah es. Ich fuhr. Alleine, frei wie ein Adler und fast platzend vor Stolz. Als ob mich jemand oder etwas trägt. Genau dieses herrliche und so lange vermisste Gefühl aus meinen Jugendtagen war wieder da und durchströmte mich. Ich hatte fast vergessen, wie es sich anfühlt.

Ende Tagebuch Eins!

3. Woche. Zweites Buch.

So schnell kann es gehen. Fast erschrak ich, als die letzte Seite meiner Kladde mit Buchstaben gefüllt war. Meine Frau überraschte mich mit einem neuen, leeren Tagebuch, dessen linierte Zeilen nur darauf warteten, gefüllt zu werden. Was werde ich erleben? Und was davon hineinschreiben?

Was also ist Wichtiges in den letzten drei Tagen vorgefallen, an denen ich aber keine rechte Lust zum niederschreiben hatte? Meine Verlängerung des Klinikaufenthaltes wurde genehmigt. Gerade, als ich begann, mir Sorgen deswegen zu machen, sprach mich Shakira, mein Therapeut, auf dem Flur an, und überbrachte mir die gute Nachricht. Die Reise ins ICH konnte also noch vier Wochen weiter gehen. Es war wie ein Bungee-Sprung in die eigene Seele. Und genau davor habe ich Bammel! Deshalb lenke ich mich, um die vor mir stehende Aufgabe kurz zu vergessen, gerne ab. Im Malraum der Klinik habe ich die Faszination des Töpferns wieder entdeckt. Bisher entstand ein Beinpaar aus grauen Klumpen, der vor mir lag. Leider ist der Ton recht weich gewesen, und so stehen die muskulösen Miniaturmännerbeine etwas schief in dieser Welt. Außerdem modellierte ich den Torso eines durchtrainierten Mannes. Der gelang schon etwas besser. Heute wurde ich mutiger und formte meine eigene ausgestreckte Hand nach. Der Zeigefinger berührte den Daumen, so wie das bei den Meditationen üblich ist. Gut 35 Jahre, nachdem ich in der Grundschule zum letzten Mal aus langen Tonwürsten eine windschiefe Vase formte, hat mich die Faszination dieses Tuns wieder gepackt. Den Figuren gebe ich Namen. Toni, für den Torso aus Ton. Weitere Werke sollen noch folgen.

Der letzte Kurs dieses Tages war die Atem- und Bewegungstherapie. Der Kurs gefiel mir so gut, dass ich mich selbst in der Rolle des Trainers sah. Aus dem Kampfsport kommend, fallen mir die Bewegungsabläufe sehr leicht. Ich fragte, nachdem dieser Kurs zu Ende und nur noch die Kursleiterin anwesend war, wo ich einen Trainerschein machen könne. Waren das gerade meine ersten Schritte in eine neue berufliche Zukunft? Die 200 Meter zurück zu unserem Klinikgebäude ging ich auf wackeligen Beinen. Das waren genug Entscheidungen in den zurückliegenden Tagen gewesen. Heute werde und muss ich nichts entscheiden. Duschen, Abendessen und mal wieder im Malraum, den ich in „Tonstudio" umtaufte, einen Klumpen feuchter Erde in eine schöne Form bringen.

Mit Lena, die eigentlich natürlich wirklich nicht so hieß, mich aber beim ersten Treffen an die „Geile Axt-Lena" (Gewinnerin des Eurovisions Songcontests) erinnerte, heckte ich in diesen Tagen fleißig Späße für den bevorstehenden 1. April aus. Uns fielen, prustend vor Lachen, die wildesten Geschichten ein.

Der Aufzug könnte als Einzelgesprächsseminarraum ausgeschildert werden und in der Klinikküche wäre doch sicher noch Platz für einen spontanen Kochkurs. Kursname: Patienten kochen ihr Lieblingsgericht.

Wir hoffen, es gibt nicht allzu viel Chaos, wenn ausgehungerte und mit Kochschürzen bewaffnete Patienten um 10.30 Uhr die Klinikküche stürmen und dann die Herde und Öfen in Betrieb nehmen.

Nächster Vorschlag war, das Patientenkino ins Klinikschwimmbad zu verlegen. Natürlich nur mittels buntem Aushang am schwarzen Brett. Es würde der Filmklassiker „Mobby Dick“ gezeigt und als Eintritt seien zwei Muscheln oder ein Seestern für das mit Salzwasser gefüllte Schwimmbecken mitzubringen.

So schlich ich mich um 2.00 Uhr am Morgen des 01. Aprils durch die Klinikgänge und klebte meine ausgedruckten Aushänge an die Aufzugtür und ans Infobrett. Den Aufzug habe ich lt. Aushang ab 9.30 Uhr für zwei Stunden wegen Nutzung als Einzelgesprächsraum gesperrt. Ich schlage innerlich fast Purzelbäume vor diebischer Vorfreude und gleichzeitig denke ich gerade: "Was machst du da?". Wenn mich die Nachtschwester erwischt, dann kann ich nur auf eine mit hohem Spaßpotential oder einer Sehschwäche hoffen.

Meine Freude kommt aber auch daher, dass ich morgen wieder heim zur Familie kann. Das Wochenende steht vor der Tür und ich vermisse meine beiden Jungs gerade sehr. Die beiden wären sicherlich auch sofort mit dabei gewesen, wenn es um den Klinikstreich gegangen wäre. So, alle Zettel hängen und ich kann leise zurück ins Zimmer schleichen. Es schleicht sich aber so schlecht, wenn einem der Puls bis an die Gehörknöchelchen trommelt.

Als die Zimmertür ins Schloss fiel und meine Atmung wieder auf Normalmaß herunter sank, packte ich noch meine Schmutzwäsche in meine Tasche und richtete alles für die Heimfahrt.

4. Woche.

Wie beschreibt man, wenn sich das Zuhause weniger nach Zuhause anfühlt, als das beim Wiederbetreten der Klinik der Fall ist. Anfangs erfüllte mich überschwängliche Freude, als ich wieder zuhause war. Meine Jungs ließen mich keinen Augenblick aus denselben und bombardierten mich mit Fragen, Geschichten, Neuigkeiten. Im Wohnzimmer hüpften wir zu AC/DC wie die Berserker auf ihrer Nikolausfeier herum und tobten uns aus.

Viele Stunden später, als meine Frau und ich endlich Tee trinkend Zeit füreinander fanden, kam auch mein „Geist" hier bei meinem vorausgeeilten Körper an. Es brauchte so viel Zeit, mich in der Klinik zurechtzufinden und heimisch zu fühlen. Nun ist es plötzlich so, dass es Zeit braucht, zuhause wieder anzukommen. Dann kam es. Das Gefühl, das ich von früher gut kannte. Es war das berühmte „Sonntagabend-Gefühl. Du weißt, dass das Wochenende fast vorbei ist und morgen wieder der Trott beginnt. Im Geiste gehst du schon die Termine des morgigen Tages durch und bereitest dich darauf vor. Tick, Tack. Unaufhaltsam verrinnen die schönen Stunden, und wenn du es bemerkst und an den nächsten Tag denkst, zerstörst du sie dadurch.

Während wir, nachdem dieser Kurzbesuch zu Ende war, gemeinsam in die Klinik hinein und zum Aufzug gingen sagte niemand ein Wort. Dann, am Lift wartend, hineingehend und die kurze Phase der Stille zwischen dem Schließen der Türen und dem Anfahren des Aufzuges genießend, musterte mich meine Frau mit ihrem typischen Blick. „Was?“, sagte ich, in Gedanken schon auf meinem Zimmer seiend. „Du siehst gerade glücklicher aus, als daheim!“

Ich wurde still. Sehr still. Kann das sein? Nach vier langen Wochen in der Klinik freue ich mich gerade wirklich mehr, wieder hier zu sein.

Noch lange lag ich in dieser Nacht wach, starrte an die Decke und schloss meine fremdartigen Gedanken letztendlich in meinen imaginären Tresor ein. Den stellte ich in einen Wagon, der an einem Zug hing, welcher nach Sibirien fährt. Nonstop. Immer weiter weg von mir. Weiter nach Osten und ohne Treibstoff für die Rückfahrt habend. Sicher ist sicher.

Komischerweise halfen mir diese beiden erlernten Stressbewältigungsübungen sofort, um zu entspannen und einzuschlafen. Was ich hier in einem Nebensatz so lapidar erwähne, scheint immer wirksamer zu werden. Die vielen kleinen Übungen, Veränderungen, Puzzlestücke aus den Kursen, ergaben langsam ein großes Bild.

Wie sagte mein Therapeut am Anfang meines Aufenthaltes hier? „Die Arbeit müssen Sie machen. Wir geben Ihnen nur ein Geländer an die Hand!" Wie wahr! Wer möchte und das Glück hat, einen guten Therapeuten und Freunde zu finden, der kann hier drinnen alles erlernen, um gut für sich zu sorgen.

In der folgenden Woche war es nun an mir, die Gestaltung der ominösen Stuhlkreismitte vorzunehmen. Dass ich mich so langsam mit Stuhlkreisen und Mitten angefreundet habe, sagte ich ja schon. Aber seit kurzem ist daraus fast eine innige Freundschaft geworden. Räume schön zu dekorieren zählte bis dato nicht zu meinen herausragenden Eigenschaften. Doch anscheinend bricht momentan die innere „Tine Wittler" aus mir heraus. Statt Dekotüllstoff und Plüschtiere kameragerecht mit der immer gleichen Handbewegung zu drapieren, mag Tine II anscheinend Mittendeko. Mein Schwemmholz, das ich vor Wochen fand, durfte nun seine Parkposition auf meinem Kleiderschrank aufgeben und als Symbol für das Vergangene fungieren. Ein Magnolienzweig, den ich am Beginn meines Aufenthaltes erhalten habe und auf meiner Fensterbank ins Wasser stellte, übernahm die Rolle der Zukunft, die vor mir lag. Runde Steine, Kerzen, ein Familienfoto und einige mir wichtige Worte auf Papier vervollständigten das Szenario. Es tut gut, von den anderen Kerngruppenmitgliedern ein Feedback auf meine Ausführungen und Deutungen der Symbolik zu erhalten. Jeder sah etwas anderes darin. So liegt die Wahrheit wirklich im sprichwörtlichen Auge des Betrachters. Sie lobten mich. Ich saß da und konnte, wie so oft, diese Worte nicht ganz an mich heranlassen. Lob für die Darstellung seines gescheiterten Lebens zu erhalten ist ja auch nichts Alltägliches.

Relativ aufgewühlt übermannten mich am Ende der heutigen Runde dann die Gefühle. Zum Glück waren die beiden Profitherapeuten anwesend und gaben mir Halt. Was ich aus den letzten Tagen gelernt habe? Auf alle Fälle, dass jedes Verhaltensmuster, selbst die momentan störenden, positive Bestandteile hat. Diese Muster haben mich bis hierher gebracht. Sie haben für eine lange Zeit gut funktioniert. Aber mich auch aufgerieben und schließlich zum heutigen Punkt geführt. Wenn ich nun meine Muster ändere, dann bedeutet das nicht, dass ich meine Stärken verliere, sondern dass ich Gefühle und Emotionen zulassen kann, wenn ich das will. Ich werde kein neuer Mensch, sondern kompletter.

Wer bin ich wirklich?

Für jemanden, der wie ich eine relativ feste Vorstellung seines Selbstbildes hat, ist es ein schwerer Schlag in die Weichteile, wenn sich herausstellt, dass das Fremdbild ein gänzlich anderes ist. Fremdbild ist das Bild, welches wir mit unserem Auftreten bei Anderen im Kopf erzeugen. Dass eine Diskrepanz zwischen diesen beiden Bildern liegt, passiert sicherlich vielen Menschen Tag für Tag. Oft aber hindert die Höflichkeit oder die Erziehung die Anderen daran, uns darauf hinzuweisen. Und so laufen wir alle mit einer falschen Vorstellung unserer Wirkung durch die Lebensjahre. Bei mir war das nun anders. Ich bekam es direkt und mitten ins verdutzt dreinschauende Gesicht gesagt.

Mir ist ja durchaus klar geworden, dass ich zu oft die Maskerade des witzigen, eloquenten und unverwundbaren Simon benutze. Oft löse ich für mich unangenehme Situationen durch einen lockeren Spruch oder eine witzige Bemerkung auf. Das ist leichter, als dem Gegenüber die Wahrheit zu sagen. Das kann ich nahezu perfekt und oft reflexartig.

Als ich nun dieser Tage mehrere ernste, tiefgründige und schonungslos offene Gespräche mit unterschiedlichen Mitpatienten führte, erhielt ich in kurzer Folge ein markerschütterndes Feedback. Menschen, die mich augenscheinlich mochten, sagten mir offen, was bisher für ein Bild von mir bei ihnen abgespeichert gewesen sei. Es sei eine Mischung aus „Hallodri", also umgangssprachlich für Luftikus, und einem gewissen Misstrauen mir gegenüber gewesen. Jemandem, der immer „gut drauf" ist und in loser Folge zotige Sprüche loslassen kann, dem ist wohl nicht 100 %ig zu trauen. Sie fragten mich nun allen Ernstes, ob ich gerade den Mitfühlenden mime, und ob der sonst so lustige Simon mein wahres Ich sei.

So dämlich, wie ich nun glotzend und nach den richtigen Worten ringend herumstotterte, gab ich ein jämmerliches Bild eines Hallodris ab. Meine Humormaske war so perfekt gewesen, dass sie von anderen als mein wahres Wesen gesehen wurde. Der gefühlvolle, ehrliche, ernste und verletzliche Simon dahinter wurde davon völlig überdeckt.

Jetzt, da ich Gefühle zuließ und kommunizierte, wurde mein wahrer Kern nur als Maskerade wahrgenommen. Vom vielen Nachdenken darüber fast schwindelig, sprach ich mit Susa, einer Lehrerin aus dem tiefen Bayern, über mein Dilemma. Zur Krönung dieses Tages bestätigte sie mir nicht nur generell, sondern sie gestand mir im Detail, dass auch sie beträchtliche Zweifel an meinen wahren Charakterzügen hatte. Höchste Zeit für mich eine Antwort auf die Frage der Fragen zu finden.

Sie lautet: „Wer bin ich wirklich?“

Geschäftsideen!

Heute Morgen in der Teergruppe, also dem bestehenden Rauchertreff, kamen wir irgendwie auf blöde Ideen. Eine davon war, uns hier in Bad Heiligenfeld selbständig zu machen. Angefangen hatten diese fiktiven Gewerbeideen damit, dass wir uns nach Beendigung des Klinikaufenthaltes die besten Phrasen und Sprüche der Therapeuten auf T-Shirts drucken lassen könnten. Dies wäre dann ein Markt für alle ehemaligen, bisherigen und zukünftigen Insassen dieses Hauses. Die schönsten und druckenswertesten Sprüche will ich hier nicht für mich behalten.

- *Ist mir egal. Ich lass das jetzt so!*
- *Da halt ich mich komplett raus.*
- *Ömmsche, Schallömmsche*

  (Nur für Hessen)
- *Was macht es mit dir?*
- *Wir gehen in den Resonanzkreis…*

Ein weiterer Geschäftszweig war, eine Internetseite zum Download der leidigen Wochenberichte zu erstellen. Die Wochenberichtschreiberei gehört zum allsontäglichen Abendritual der Patienten und wird immer so lange wie möglich hinausgeschoben. In diesem Bericht, der, wie der Name schon vermuten lässt, wöchentlich beim Therapeuten abzugeben ist, und wahrscheinlich ungelesen abgeheftet wird, sollen die Befindlichkeiten und Fortschritte der Patienten notiert werden. Wie schön und hilfreich wäre da ein Internetservice, der einen, aus einem Fundus von vielerlei Berichten aussuchend, von dieser Last befreien könnte.

Aussuchen, Name und Datum eintragen und drucken. Fertig! Eine grobe Unterteilung der Berichte könnte nach Diagnosen erfolgen. Also, die Diagnose und die Aufenthaltswoche eingeben und, annehmend, dass sich bei vielen Patienten der Klinkaufenthalt ähnlich einer Fieberkurve entwickelt, wird der passend formulierte Bericht vollautomatisch ausgesucht. Für Diplom-Ingenieure, die nur mit komplizierten Lösungen leben können, soll auch eine Verknüpfung mit den vorherigen Wochenberichten erfolgen. Dann ist ein lückenloser Therapieverlauf abbildbar und es entstehen keine „Therapiesprünge".

Großen Anklang fand auch die Idee, und mit diesem Vorschlag kamen wir immer näher an eine wirkliche Geschäftsidee heran, dass wir einen Lieferservice für „Mitten" gründen wollen. Sie erinnern sich noch? Mitten sind die Deko-Oasen in der Mitte eines Stuhlkreises und lassen immer die Frage aufflackern, ist das Kunst oder kann das weg? Mitten werden von den anwesenden Patienten und den Therapeuten mit Argusaugen unter die Lupe genommen und so lange therapeutisch und/oder sinnfrei hinterfragt, bis alle irgendetwas darin sehen. Da kann man auch eine „Fertigmitte" beim Lieferant des Vertrauens bestellen. „Rent a Center" oder „Mietmitten" waren die besten Namensvorschläge dafür.

Die bestellte Mitte wird pünktlich geliefert, aufgebaut und nach Ende ihrer einwöchigen Lebenszeit wieder abgeholt und achtsam entsorgt. Die Mittenthemen sind völlig frei wählbar, können aber auch mit den jeweiligen Befindlichkeiten in den Wochenberichten kombiniert werden. Der Patient mit gedrückter Stimmung und Existenzangst soll ja nicht die glitzernde „Pimp-Deluxe"-Mitte aus kunterbunten Blumen mit Glitzersteinen bekommen.

Das fällt auf! Selbstverständlich werden alle Dekorationen aus laktosefreien, achtsam hergestellten, fair gehandelten und therapeutisch wertvollen Materialien hergestellt und in wieder verwertbaren, aus Maisstärke gepressten Ökotüten geliefert. So viel Achtsamkeit muss schon sein! Über den Preis müssen wir noch nachdenken, aber so was sollte man nicht unter drei Grünkernbratlingen oder zwei Tellern Hirsesuppe raushauen.

Galoppierender Auswurf.

Seit einigen Tagen macht in der Klinik der Nahrungsmittelauswurf die Runde. Das Gemeine daran ist, dass fast keine Körperöffnung verschont bleibt. Wenn Magensäfte durch Mund und Nase eruptiv das Körperinnere verlassen und gleichzeitig die gemeine Flitzkacke in den unteren Regionen wütet, dann wird es still auf den Klinikfluren. Innerhalb weniger Tage waren über 40 Patienten mit sich selbst und ihren inneren Werten beschäftigt. Es wurden Quarantäneschilder an den Zimmertüren angebracht und die Hygienevorschriften verschärft. Meinen, über Umwegen organisierten Mundschutz, wollte ich aber dann doch nicht demonstrativ bei den diversen Menschenversammlungen in der Klinik tragen. Manch einer versteht meinen feinsinnigen Humor nicht sofort. Der so oft gebrauchte Therapeutensatz: „Spüren Sie doch mal in sich hinein, was es mit Ihnen macht!", bekam in dieser Zeit, in der sich viele ungewollt mit ihren Verdauungssäften beschäftigen mussten, eine reale Bedeutung.

Seit dieser Woche der rhythmischen Zwerchfellkontraktionen grummelte mein Körper auch mit mir. Was er mir damit genau mitteilen will, kann ich nicht sagen. „Körpergrummeln" war nicht einmal als Wahlfach in der Realschule zu belegen. Was also soll ich mit der Info „Rücken tut weh, Schwindelgefühl und Knie zittern" anfangen? Nuschelt mein Körper etwa, oder ist es eine Fehlleistung der Evolution, dass wir uns nicht besser verstehen können. So sehr sich Menschen mit Hilfe von Mantrasingen, Räucherstäbchen oder tagelangem Trommeln in Trance bringen können, es nützt am Ende nichts. Denn sobald die Verbindung zum eigenen Ich zu Stande kommt, ist nur Körpernuscheln zu hören. Das ist wie Selbstreflexion in einem angelaufenen

Spiegel. Oder schwäbisch für einen Hanseaten. No Comprende.

Jedes dahergelaufene IPhone hat unzählige Apps für quasi alles. Wäre es da vom Schöpfer allen Lebens, der Brunnenkresse und der Menschen zuviel verlangt, vier Milliarden Jahre nach dem Urknall ein Softwareupdate springen zu lassen? Körper 2.0 ist aber noch nirgends bestellbar. Selbst die Kirche schweigt sich dazu aus. Wenn aber der heilige Geist an Pfingsten downgeloaded werden kann und an Ostern Hasen Eier legen können, dann sollte doch ein Update für uns Gläubige möglich sein.

Therapeut-Deutsch Deutsch-Therapeut

Für alle, die einen psychosomatischen Klinikaufenthalt planen oder ein ambulanter Therapeut angedacht ist, möchte ich hier einen kurzen Kommunikationsleitfaden veröffentlichen.

Die Sprache der Psychologen ist, wie die der Politiker, der Kirchen, der Ärzte und der Steuerberaterzunft eine Art Geheimsprache.

Oft sagen uns normalen Menschen diese Floskeln wenig, oder wir vermuten gar einen falschen, irreführenden Sinn dahinter.

Wenn ein Politiker von der Wahrheit spricht, dann hat das nichts mit Ehrlichkeit, sondern oft mit Steuererhöhungen oder seinen Pensionsansprüchen nach Erreichen einer weiteren Legislaturperiode zu tun. Wenn das Finanzamt von einer nachträglichen Vorauszahlung spricht, oder der Wirtschaftswissenschaftler von Verschlimmböserung, dann verabschieden sich Hans und Maria Mustermann von ihrem Weltbild.

So auch in der Psychotherapie. Völlig desorientierte und mit Phrasen übersättigte Patienten müssen sich in Rauchergruppen gegenseitig helfen, das vom Therapeut mit wichtiger Miene ausgeatmete Wortmonstrum ins Deutsche zu übersetzten. Hier nun meine bisherigen Psychophrasen mit der wahrscheinlichen Bedeutung derselben.

Lenken Sie die Achtsamkeit auf Ihre Mitte.

Haben sie Hunger?

Spüren Sie mal ein Stück weit in sich hinein.

Anleitung zum Nasenbohren.

Wir kommen ins Schweigen.

Klappe halten.

Und was macht es mit Ihnen?

Keine Ahnung was der Patient hat, aber ich lass ihn mal erzählen.

Ich lass das mal bei Ihnen.

Eigentlich ist mir das alles egal.

Wie fühlt sich das an?

Hääääääääää?

Sie bekommen therapeutischen Ausgang.

Feierabend. Nix wie weg hier.

Wir erden uns.

Füße vom Stuhl.

Lassen Sie es fließen.

Heul doch!

Braucht es etwas aus der Gruppe?

Übernehmt ihr mal den Pflegefall hier.

Ganzheitlich

Wir machen irgendwie alles.

Die Wortspiele mit diesen überstrapazierten Begrifflichkeiten erleichtern mir das Leben hier während der Behandlung. Ich glaube, sonst wäre ich schon längst heim gefahren oder hätte resigniert. Sobald ich mich aber insgeheim über etwas amüsieren kann, verliert selbst die gespenstischste oder traurigste Situation ihren Schrecken. Hier in der Klinik geht diese Achtsamkeitsorgie aber noch weit über das gesprochene Wort hinaus. Selbst auf dem Menüplan für die jeweilige Woche stehen „Kartoffeltaler Dehli" achtsam neben „Couscous-Salat mit Minzdip". Auch die „tomatisierte" Gemüsebrühe wird in Verbindung mit „Tomatenragout mit Tofuwürfeln" dem ganzheitlichen Konzept gerecht. Käse ist laktosefrei, die „Vegi-Bratlinge" wahrscheinlich sogar ohne Gemüse und alle Bioprodukte werden von achtsamen Köchen mit therapeutischem Gedankengut, in einer esoterisch geklöppelten Pfanne zubereitet. Oh Mann! Ein Durchschnittsesser, zu denen ich mich zähle, läuft hier nach spätestens drei Wochen mehrmals verzweifelt und hungrig in die schöne Innenstadt, um dort, bei seinem neuen Freund dem Dönermann, wieder einmal etwas Sättigendes zwischen die Kauwerkzeuge zu bekommen. Als direkt neben der Klinik, im Stadtpark gegenüber, der Rohbau eines achteckigen, pergolaähnlichen Gebäudes entstand, keimte in uns kurz die Hoffnung auf, dass dort ein Curry-Wurst-Tempel entstehen könne.

Doch das was da heranwuchs, war zwar einem Tempel sehr ähnlich, doch sollte es darin um die acht Weltreligionen gehen. An diesem Ort werde ich wohl mit meiner Bestellung „Zwei Buddhawürste mit Hindufritten" keine Erlösung finden. Höchstens Erleuchtung. Höre auf deinen Körper. Nur mit vollem Magen kannst du deine Mitte spüren. Wo hab ich nur die Nummer vom Pizzaservice gelassen?

Abschied!

Jetzt, wo sich das Ende meines Aufenthaltes absehen lässt, ist mir innerlich nach Herbst zu Mute. Genau wie in der besagten Jahreszeit, die an manchen Tagen noch die Kraft des Sommers besitzt, mit jedem Sekundenschlag aber unausweichlich auf den Winter zusteuert, so bin auch ich von Wehmut und Abschied durchtränkt.

Die von mir noch besuchten Therapie- und Gesprächsrunden haben alle dieses Thema.

Abschied. Will-Kommen war einmal. Soll-Gehen ist nun das Gebot. „Es ist das letzte mal, dass wir in dieser Runde zusammensitzen“, steht also nun als Eröffnungssatz bei allen möglichen Therapeuten auf dem Zettel. Es wird nie wieder so sein. Und statt verstohlen in die Stuhlkreismitte zu schauen, betrachten sich die anwesenden Patienten noch einmal genau. Da wird demjenigen, der einem Trost und Mut gegeben hat, mit einem Nicken und einem festen Blick gedankt.

Demjenigen, mit dem man eventuelle Meinungsverschiedenheiten hatte oder aus welchem Grund auch immer nicht auf einen Nenner kam, wurde mit freundlichen und offenen Blicken verziehen. In dieser Stimmung ziehen sich die meisten in sich zurück und halten Rückschau. Fast jeder von uns ging aus freien Stücken in die Abschiedswoche hinein. Beim Einen oder Anderen war allerdings eine Kostenentscheidung der Krankenkasse der unfreiwillige Grund. Was also habe ich in diesen acht Wochen hier erreicht? Was hat sich verändert? Was ist nicht zu ändern?

Meine Lebensbaustellen haben einen Namen bekommen. Das ist ein nicht zu unterschätzender Fortschritt! Denn viele haben schlichtweg die Augen vor den eigenen Problemen verschlossen. Viel Neues konnte ich, nachdem meine Baugrube groß genug war, nicht mehr an mich heranlassen. Ich war voll und ganz in meinem Prozess befindlich. Es ist wie das Gefühl, nach mehreren Portionen der Lieblingsspeise, kurz vor dem Platzen satt am Tisch zu sitzen. Auch noch so verlockende Nachspeisen wollten beim besten Willen nicht mehr den Weg ins Körperinnere finden. Satt! Bei mir sitzt dieses Sättigungsgefühl nicht im Magen sondern direkt zwischen den Ohren. Wie machte es sich bemerkbar? Die Wochen davor war die Anreise der neuen Patienten, und die damit verbundene Abreise liebgewonnener Menschen, immer ein mit vielen Emotionen behaftetes Event. Anfangs war auch ich neu und hoffte darauf, gut in der Gruppe aufgenommen zu werden. Von mir damals unbemerkt, nahmen aber nicht alle Patienten groß Notiz von meiner Anreise. Diejenigen, die damals gerade in ihrer Abschiedsphase waren, lebten ebenfalls schon in ihrer Welt. So wie ich jetzt gerade auch. Selbst bei größter willentlicher Anstrengung gelingt es nicht, mich in die Neuen meiner Kerngruppe hinein zu versetzen. Völlig ausgefüllt mit den eigenen Gedankenschwaden geistere ich abwesend durch die Flure und die Tage. Die bekannten Gesichter, die ich kurz erhasche, werden weniger. Das

Thema der Abreisenden rotiert um die dominierende Frage der Rückkehr in die Welt da draußen.

Dass dieser Schritt mit Schwierigkeiten verbunden ist, haben wir von denen, schon vor einigen Wochen Entlassenen, und immer noch nicht wirklich angekommenen Mitpatienten gehört. Die Klinikbuschtrommeln berichten unaufhörlich davon, wie hektisch und laut, schnell und oberflächlich alles im normalen Leben ist. Viele trauern der Zeit hier nach. Und so langsam kann ich das gut verstehen. Denn trotz aller Lästerei und den alltäglichen Problemen hier in der Klinik, ist es doch ein besonderer Ort. Ein Ort, an dem es einem schlecht gehen darf, ohne es lange erklären zu müssen. Ein geschützter Ort, an dem es trotz oder gerade wegen der vielen unterschiedlichen Menschen mit unterschiedlichen Diagnosen so etwas wie ein blindes Verständnis gab. Ein verbindendes Element, welches draußen nicht existiert.

Ehen zerbrachen, Jobs wurden gekündigt und ganze Leben auf den Kopf gestellt. Wenn diese Entscheidungen nicht schon während des Aufenthaltes hier in der Klinik getroffen wurden, dann doch spätestens zuhause. Das alte Leben passte, wie ein altes Kleidungsstück, oft nicht mehr. Es war zu groß oder zu klein oder kratzte auf der Haut.

Abschied. Eine Phase, die aber zum Leben dazu gehört. Sie besteht aus einer unzählbaren Abfolge von Kennenlernen und sich wieder aus den Augen verlieren. Das wichtigste für mich allerdings war, dass ich mich selbst wiedergefunden habe. Es geschah bei einem gewollt einsamen Spaziergang zur Burgruine. In der Stadt und im Park tobte der Rakozy-Lauf und das wilde Gewusel war mir an diesem Tag zu viel. So entschied ich mich, endlich zu dieser Ruine hoch zulaufen. Dort angekommen knipste ich mit meiner Kamera die wundervolle Aussicht und lümmelte mich, die Sonne genießend, auf eine der Bänke. Dann, auf dem Heimweg, als ich den talwärts mäandernden Weg auf der Suche nach schönen Fotomotiven hinabschlenderte, war es da. Das Gefühl, das man hat, wenn man mit sich und der Welt im Einklang ist. Pures Glück und Zufriedenheit durchströmten mich so intensiv, dass ich stehenbleiben musste und um Fassung rang. Ich blickte mich hektisch um, ob andere Spaziergänger in der Nähe waren, die mich in diesem Zustand sehen konnten. Ich war allein, und es war gut so. Kein Gefühl der Angst, der Einsamkeit oder sonst etwas vermissend öffnete ich, bildlich gesprochen, alle Dämme und ließ diesen Emotions-Zunami über mich hinwegrollen. Dann fielen mir die Textzeilen eines eigentlich verhassten Liedes ein. Ein Lied, bei dem ich fluchtartig jeden Seminarraum verlasse, passte gerade so gut.

Es war nicht mehr zu verhindern. Ich dachte an dieses doofe Lied und lächelte. „Jede Zelle meines Körpers ist glücklich, jede Zelle meines Körpers fühlt sich wohl“

Was sonst zum spontanen Erbrechen führte, beschrieb in seiner Einfachheit genau den Zustand am Besten, in dem ich mich gerade befand.

Ich hatte für einige Stunden wieder Kontakt zu mir. Kontakt in seiner reinsten Form. Dieses Gefühl festhalten wollend, wanderte ich langsam bergab in Richtung Stadtpark. Mir war, als ob mir alle Menschen, die mir an diesem Tage noch begegneten, schon von Weitem ansehen konnten, dass ich die wichtigste Person meines Lebens getroffen hatte. Mich!

Dieses Phänomen hat in vielen Kulturen viele Namen. Das innere Kind, das Göttliche in uns, die zwei Wölfe, die Quelle der Kraft, Chakra,

Kraftzentrum. Es war auf alle Fälle wach geworden, wurde angeknipst, von wem oder was auch immer. Vielleicht war es die ganze Zeit schon da und versuchte, mit leiser Stimme sich Gehör zu verschaffen. Ich bekam es nur nicht mit, da ich, während ich mit 250 Sachen durch das Leben schoss, eben unfähig war irgendetwas zu hören.

Will-kommen Soll-gehen

(Abschiedsworte im Patientenplenum)

Willkommen! So springt es dir entgegen, wenn du ANkommst. Ein Herzliches meist, grüßt dich auf WILL-Kommensschreiben, von Ortsschildern, oder gar mit einem Lächeln versehen aus dir noch fremden Gesichtern.

WILL-Kommen! Wollte ich wirklich hierher kommen oder sollte ich kommen?

So aber wird niemand begrüßt. „Herzlich Soll-Kommen!" Das sagt man nicht.

Einem jeden AN-Kommen geht aber ein WEG-Gehen voraus. Oder ist es umgekehrt? Was war zuerst?

Das Huhn, das ein Ei willkommen hieß, oder das Ei, das aus einem Huhn ging? Man weiß es nicht.

Heute wohnen Eier in Pappschachteln, die im Supermarkt stehen und warten darauf, beim Verbraucher anzukommen. Quasi den letzten Weg anzutreten.

Da hatte ich es besser, als mein Weg mich nach Heiligenfeld führte.

Nach dem WILL-Kommen sollte ich erst einmal AN-Kommen. Dann ZU-MIR-Kommen, nicht zu spät, in meine Mitte und in den richtigen Seminarraum kommen. Dort angekommen, sprachen Therapeuten seltsame Sätze, wie: "Wir wollen ins Stehen **kommen** und in den Ausdruck **gehen**!"

Selbst meine verzweifelte Suche im Internet konnte nicht klären, wo sich dieser magische Ort „Ausdruck“ befindet. Wie aber nun dahin kommen?

Weg-Gehen, oder, wenn ich es neu betone WEG-GEHEN, bekommt dadurch eine schöne, neue Bedeutung.

WEGE verbinden Orte und Punkte miteinander, die vorher nichts von ihrer Existenz wussten. Sie wurden wahrscheinlich von jemandem erfunden, der einen Wegweiser übrig hatte und diesen irgendwo im Wald in den Boden rammte.

Was erwartet uns auf unseren Wegen? Da gibt es WEG-Gabelungen, WEG-Gefährten, WEGE-Lagerer und WEG-Werfarikel. EIN-WEG-Verpackungen sind Behältnisse für Einbahnstrassen und mit Zewa Wisch&WEG machen wir den WEG frei. Wenn doch nur alles so einfach wäre. Ist es aber nicht.

Viele WEGE sind nicht geräumt oder gestreut. Daher haftet der WEG-Geher für seine Stürze selbst. Die WEGE des Herrn sind unergründlich und meist nicht geteert.

Die WEGE der Frauen verlaufen meist in der Nähe von Schuhgeschäften.

Es wird viel vom rechten WEG gesprochen. Was macht aber die übrige Welt, die den Linksverkehr als normal erachtet?

Wenn alle nur den rechten Weg nehmen, dann gehen wir alle nur im Kreis. Das kann vom Schöpfer nicht gewollt sein.

Der WEG ist das ZIEL! Was ist aber der START?

Für mich war der Start das AN-Kommen hier bei euch. Danke dafür!

Ich komme jetzt ins Schweigen und gehe auf meinen Platz zurück.

Erinnerungen

Es gibt immer Geschichten und Begebenheiten, die durch den Rost der Tagesgeschehnisse fallen. Beim Tagebuchschreiben erinnerst du dich nicht an sie. Doch beim nochmaligen Durchlesen, oft viele Wochen später, sind sie plötzlich präsent. Du fragst dich, warum du sie fast vergessen hättest, wo sie doch im Nachhinein betrachtet, traurig, wichtig oder schön waren.

So eine Geschichte handelt von der allsamstäglichen Sockendisko in der Klinik. Im großen Saal, dort wo sonst die Winkeparade der Patientenversammlungen tobt, wird dann zur nächtlichen Stunde, in Socken oder barfuss, zu allerlei weltlicher Musik getanzt. Meine Erinnerungen, die ich an meine Discozeiten der Jugend habe, passten jedoch mitnichten zum dortigen Geschehen. Einige, verstreut sich im großen Rund des Saales fast verlierende, tanzende Gestalten bevölkerten diesen traurigen Ort. In der Mitte dieses gespenstischen Szenarios stand eine Miniaturlichtanlage, die verzweifelt versuchte, mit ihren drei kleinen Lämpchen gegen die Dunkelheit anzukämpfen. Es kam kein Feeling auf, als ich, ebenfalls in Socken, diesen Raum betrat. Gerne hätte ich getanzt. So wie früher zur besten Discozeit. Aber entweder war meine Erinnerung an diese Tage nun glorifiziert und geschönt, oder das hier hatte nichts mit einer Diskothek zu tun. Ich entschied für mich, dass letzteres stimmen müsse und ging nach einigen Liedern hinaus.

Mein Weg führte mich, gedanklich wehmütig an die guten alten 80er Jahre denkend, hinaus aus der Klinik und hinüber in die Stadt. Ich steuerte geradewegs auf Käpten Jensens Köpi-Kneipe zu. Im Geheimen nannte ich ihn den „therapeutischen" Wirt. Er betreibt diese Bieroase am Ende der Fußgängerzone. In seine Welt tauchte ich ab und zu gerne für ein paar Stunden ein. Wie genau ich das erste Mal dort vor Anker ging, kann ich nicht mehr genau sagen. Das Pay-TV Schild, rauchende, gutgelaunte männliche Gäste, die draußen über Bundesligaspiele fabulierten, waren an dem Tag wohl gerade das Richtige für mich gewesen. Das freundliche Moin moin von Jens half mir, den Schritt über die Schwelle zu gehen.

Drinnen, an einer urigen Theke sitzend, hatte ich meine Ruhe, wenn ich sie brauchte. Wollte ich aber plaudern, so war immer jemand für einen belanglosen Schnack zu haben. Die Dialoge drehten sich um Gott, die Welt, Fußball, Fußball, Fußball und Fußball. Es kam mir beim nächsten Mal, als ich dort am Tresen ankerte, so vor, als ob ich hier zuhause war. Ein Stück Heimat fast, bewohnt von Männern, die mit dem gleichen leeren, suchenden Blick hier saßen. Jens, der Wirt kommt aus dem hohen Norden und ist ein Phänomen für sich. Sein gefühlter Puls schwankt zwischen 30 und 40 Schlägen. Er war wortkarg, freundlich, witzig, wenn er doch mal einen seiner Kommentare abgab. Unbestritten der Chef auf seinem Kutter. Er beruhigte mich durch seine bloße Anwesenheit. Genial! Wofür ich sonst stundenlang Joga, Atemübungen oder therapeutischen Beistand benötigte, das schaffte er durch sein freundliches Nicken beim Betreten seiner guten Stube. Kaum saß ich auf meinem Stammplatz, zapfte er, ohne dass ich etwas bestellen musste, eine herrliche Hopfenkaltschale und stellte sie mir vor mein grinsendes Gesicht. Er rechnete am Ende jedes Kurzurlaubes in seinem Hause die Zeche in Cent aus und sagte dann, „eintausendvierhundert“ anstatt 14€. Ein Unikum, eben. Dann, wenn ich wieder in Richtung Klinikgebäude lief, war mir meist leichter ums Herz. Danke Jens! Egal, wann ich wieder in Bad Kissingen bin. Mein Abstecher zu ihm ist fest eingeplant.

Für den Fall, dass die Brücke von Jensens MS.Köpi Ruhetag hatte und mir die Klinikdecke geradewegs auf den Kopf zu stürzen drohte, gab es noch einen zweiten, nicht weniger schönen Anlaufpunkt. Eine Cocktailbar, die über einer Pizzeria lag. Wie die teigfladenproduzierende Gaststätte zu ihrem Namen „Don Camillo“ kam, erschloss sich mir nicht. Mein Weg führte geradewegs die Treppe hinauf, in den ersten Stock. Dort liegt die kubanische Oase, deren Chefin mich vom ersten Tag an umsorgte. Jeder, der dort eintrat, spürte, dass diese Frau das, was sie tat, aus tiefstem Herzen liebte. Mit deiner Bestellung hattest du nicht nur ein frisch zubereitetes, köstliches Getränk geordert, sondern einen Exkurs in kubanischer Lebensart, Rezeptvariationen und

Musiktipps. Diese Frau öffnete wohl gleichzeitig mit der Tür zu Ihrer Bar auch ihr Herz. Da muss ich beim nächsten Besuch wohl zwei Nächte bleiben, weil ich hier gerne wieder herkomme. Am unvergesslichsten ist es dort, wenn sich die unglaublichste Jazzband zu ihrer „Probe" trifft. Das jüngste Mitglied dieser Musikgötter ist knapp unter 70. Sobald sie ihre Instrumente berühren, liegt Magie in der Luft. Wer an solchen Abenden hierher kommt um zuzuhören, sucht keine dröhnende Zerstreuung oder oberflächliches Gedudel. Die gespannten Gesichter der Gäste verwandeln sich während des ersten Stückes in seliges Lächeln. Fußwippen und Fingerschnipsen, begleitet von im Takt nickenden Köpfen. Glück in Noten flutete durch die Räume und wenn du dann einen Cocktail in deiner Hand halten darfst, dann ist das schon verdammt nahe am Himmel.

Wieder daheim!

Jetzt bin ich erst einmal wieder zu Hause. Ich habe entschieden, die bereits genehmigten drei Wochen der Verlängerung nicht mehr zu nutzen. Das Gefühl, mit der Behandlung auf der Stelle zu treten, wurde immer dominanter. Beendet allerdings ist sie damit nicht. Die Vorstellung, in meiner derzeitigen Verfassung die langen Osterfeiertage hier in Bad Kissingen nahezu behandlungsfrei herumzugeistern, war gruselig und motivierte mich zu diesem Schritt. Es geht nach Hause. Wie auch immer das nun aussah, sich anfühlte oder mir gut tun würde.

Dadurch, dass die Feiertage im Kreise der Familie und Verwanden meistens durchgeplant und organisiert waren, erhoffte ich mir einen leichteren Wiedereintritt in die Umlaufbahn des Heimatplaneten. Ja, davor hatte ich richtig doll Angst. Davor, dass ich nun, ohne Therapieplan durch den Tag stolpernd, und dabei niemanden der liebgewonnen Mitpatienten treffend, das alles nicht geregelt bekäme. Der Klinikalltag mit seinen festen Abläufen und den festen Ritualen füllte in den letzten Wochen so manchen Tag, der mich ohne diese Hilfestellungen wohl über- oder unterfordert hätte.

Allein zu Hause, musste ich den Spagat zwischen „schone dich!“ und „langweile dich nicht zu Tode“ schaffen. Aber ich war ja nicht allein. Meine Familie und meine Freunde, so hoffte ich, würden mich genau dann auffangen, wenn ich wieder mal ins NICHTS gesaugt wurde.

Was sich, nachdem die Osterfeiertage vorbei, und bei allen anderen der normale Arbeitsalltag wieder da war bei mir einstellte, war ein Gefühl von Scham. Ich schämte mich, wenn ich um halb elf mit müdem Blick dem Paketboten öffnete. Ich schämte mich, wenn ich zufällig unserem Briefträger in die Arme lief.

Jeder Blick meiner Mitmenschen durchbohrte meine dünn gewordene Haut. Hinter jeder Äußerung vermutete ich versteckte Anspielungen auf meine Situation. Ich habe mich sogar schon in der Garage versteckt, als der Bofrost-Fahrer bei uns am Haus klingelte. Ein Loch graben und hineinspringen. Danach war mir in diesen ersten Wochen zuhause oft.

Die Reihen meiner früheren Freunde haben sich gelichtet. Es gibt diejenigen, die ein generelles Verständnis, oder wenigstens neutrale Akzeptanz mir gegenüber zeigen. Es gibt aber auch Freunde, die bewusst oder unbewusst auf Distanz zu mir gehen. Wahrscheinlich geht es mir genauso. Ich kann es sogar sehr gut nachvollziehen. Ihre Wahrnehmung von mir ist, dass ich nach normalen Maßstäben gemessen, ja nicht krank aussehe. Die vielen Stunden, in denen ich heulend in der Ecke sitze, oder vor mich hinstarrend versuche, den Lebenssinn nicht zu verlieren, diese Stunden bin ich meist allein. Nur meine Frau versucht, oft vergeblich, durch logische Argumentation den auf mich zurasenden Zyklon zu bekämpfen.

So also werde ich, zumindest empfinde ich das so, mit Argusaugen von meinem Umfeld beobachtet. In unserer Gesellschaft ist man schon verdächtig, wenn man durch die üblichen Raster fällt. Das war bei mir schon früher in meiner Selbständigkeit so gewesen und hat mich damals schon geärgert. Ganztägiges Anzugtragen, Arbeitszeiten, die von der Norm stark abgewichen sind und das schlechte Ansehen meiner Zunft in der breiten Bevölkerung führte damals schon zu genug dummen Sprüchen.

Jetzt ist es noch schlimmer geworden. Während die Werktätigen im Lande ihrer Arbeit nachgehen, fühle ich mich besonders nutzlos. Ich sehe sie in ihren Autos zum Schichtbeginn fahren oder heimkommen, und fühle mich schlecht. Sobald das Wochenende vor der Türe steht oder Feierabend ist, und alle anderen ebenfalls im Kreise ihrer Familien sind, bessert sich mein gepeinigtes Selbstwertgefühl etwas.

Während sich halb Deutschland in die Fabriken und Büros quält, quäle ich mich mit der Frage herum, ob ich mich rasieren soll oder nicht. An vielen Tagen sind es solche, meist unbedeutenden Entscheidungen wie eine Rasur, die mich vor fast nicht zu schaffende Probleme stellen. Dass ich einmal mit Vollgas über die Lebensautobahn gebrettert bin, und am Tag hunderte von Entscheidungen getroffen habe, kann ich mir momentan nicht einmal mehr vorstellen.

Jeder, der zum Sterben zu müde, leer und vor einem tiefen Loch der Sinnlosigkeit stehend in einen Spiegel geblickt hat, weiß, wie schwer dann das Treffen irgendeiner gesichtshygienischen Entscheidung fallen kann.

Ich hasse Müsli.

Wir leben in einer Welt, in der auf allen Kanälen laufend und unaufhörlich Informationen auf uns einprasseln. Kaum kann man den Werbebeilagen der Tageszeitung, den immer gleichen

Reklametrailern im Radio oder den plötzlich aufploppenden „Super-Schnäppchen Popups" im Internet entfliehen.

Vor kurzem war es dann soweit. Es war einfach ein Spruch zu viel! Das kleine Radio, das ich beim Pflastersteine legen zur Zerstreuung meines Geistes angeschaltet hatte, dudelte nun zum ungezählten Male die immergleichen „neuen" Hits, nur unterbrochen von den immergleichen Nachrichten, den immergleichen Verkehrsdurchsagen und vom, sie ahnen es, immergleichen Wetter. Dazwischen, quasi als Abwechslung zum nervenden Einheitsbrei aus dem Lautsprecher, quälten mich die Werbebotschaften. Langsam aber sicher, stieg mir die Zornesröte ins Gesicht und ich murmelte schon Sekunden bevor dieser oder jene Werbetrailer gesendet wurde, die Werbebotschaft vor mich her. Dann ging alles ganz schnell. Wissend, dass der nervigste aller Werbetypen, der Saitenbacher Müslimensch, gleich wieder die Darmheilkraft seiner Trockennahrungscerealienmischung anpreisen würde, schnappte ich mir einen faustgroßen Erdklumpen und warf ihn in Richtung meines Kofferradios. Mit voller Wucht und mitten in seinen Satz „woischt, Kerrle, jetz probiers hald emol", krachte das Geschoß auf den Lautsprecher und zerbarst in 1000 Stücke. RUHE, endlich Ruhe.

Natürlich tat mir später das auf dem Altar der Stille geopferte Radio leid. Ich säuberte es, befestigte die davongeflogenen Teile und schaltete es ein…genau als wieder der Müsli Werbespot lief. Herr Saitenbacher wohnt wohl höchstpersönlich in meinem Radio drinnen. Ich schüttelte es und ihn, zog den Netzstecker und gab auf.

Übertroffen wird das Erlebnis, einen ganzen Tag durchgehend den gleichen Radiosender zu hören, nur noch vom allabendlichen Fernsehprogramm eines bekannten Nachrichtenkanals. Da ich abends oft aufgekratzt bin, ist oft vor drei oder vier Uhr in der Frühe an Schlaf nicht zu denken. Nachdem ich alle sonstigen nächtlichen Erledigungen, wie den Toilettenbesuch, zum Fenster hinausschauen, im Internet surfen und meinem nächtlichen Heißhunger nachgekommen bin, zappe ich dann oft durch die Kanäle meines Fernsehers.

Gibt es nicht wunderschöne, alte Serien und Spielfilme, die man nachts senden könnte. Tolle Klassiker wie „Mr. Hobbs macht Ferien und der Hofnarr“ oder gerne auch das gute Testbild würde ich mir liebend gerne anschauen.

Aber stattdessen habe ich die Wahl zwischen sich nackt auf dem Motorrad räkelnden Schönheiten, tollen Verkaufsshows, den Wiederholungen vom Vortage oder eben besagtem Nachrichtensender. Hier also werden ganztägig alle möglichen Weltuntergangsszenarien in den Äther hinausgeblasen. Die sogenannten Dokumentationen, welche im Fünfminutentakt von jeweils zehnminütigen Werbeblöcken unterbrochen sind, zeigen anschaulich, auf welche Weise die gute alte Mutter Erde wohl untergehen wird. Killerwellen, Monsterstürme, Erderwärmung, die Erde ohne Menschen, die Menschheit ohne Öl, Kometeneinschlag und Supervulkane. Natürlich darf der Weltuntergang Ende 2012 nicht fehlen. Dieser Beitrag wird aber voraussichtlich Anfang 2013 aus dem Programm genommen werden.

Wer auch nur ansatzweise depressiv ist und mit dem eigenen Leben hadernd, immer wieder diese Szenarien vorgesetzt bekommt, der sollte sich über Rückschritte in seiner Therapie nicht wirklich wundern.

Alles das wird jedoch nochmals um Längen vom Nachtprogramm des Kinderkanals übertroffen. Jeden Abend, sieben Tage die Woche, 52 Wochen im Jahr ist dort ein karstiges Kastenbrot namens Bernd in den immergleichen Szenen gefangen. Er muss, so der Ablauf dieses Schauspieles, in verschiedenen Rollen um seine Freiheit schauspielern. Obwohl es im Grunde genommen ja der Gipfel der Sendezeitverschwendung ist, jeden Abend ganz Deutschland mit diesem immergleichen Käse zu beschallen, so erinnert mich das Leben dieses Brotes an mein eigenes.

Welche Parallelen gibt es?

Verdrießlich, und motzend versucht Bernd aus seinem Fernsehleben auszubrechen. Was ihm laut Drehbuch nicht gelingt. So muss er wohl oder übel, wie an einem unsichtbaren Faden geführt, den Regieanweisungen von „oben“ Folge leisten. Er versucht natürlich, seinem Schicksal zu entfliehen. Er rennt, ruft um Hilfe, bittet, zetert und schimpft. Es nützt nichts. Jeden Abend aufs Neue grüßt das Kastenweißbrot und hat, so sehr es sich auch abstrampelt, nie wirklich eine Chance. Ich hoffe sehr, dass irgendwann ein Programmdirektor ein Einsehen hat, und den armen Kerl erlöst. Ihn und alle, denen es im richtigen Leben genauso geht.

Das Nebelhorn.

Wie schon im letzten Jahr, wollten wir auch heuer wieder in den Pfingstferien ins schöne Allgäu fahren. Meine Frau war als Kind sehr oft dort im Urlaub, und so hat sie von den unzähligen Aufenthalten ebenso viele Kindheitserinnerungen, die wir zusammen auffrischen wollen.

Es ist bei unseren Fahrten dorthin schon zur Tradition geworden, sobald wir uns den Bergen und Weideflächen nähern laut „schau mal, Kühe" zu rufen. Im Chor diesen Satz bei jeder neuen Kuhsichtung ausrufend, bringen wir die letzten Kilometer hinter uns. Kühe gibt es hier in Massen. Sie stehen oft noch auf den Weideflächen im Freien herum und denken wahrscheinlich beim Anblick unseres Autos, „Schau mal, Touristen!" Man weiß es eben nicht.

Nachdem der Anblick der sattgrünen Wiesen nicht mehr für Aufregung sorgt, und wir nun vollends in die Bauernidylle eintauchen, wird jedes schöne Fleckchen am Wegesrand mit Lob bedacht. Ah´s und Oh`s, gefolgt von „Schau, wie schön" ist oft die einzige Unterhaltung inmitten dieser Landschaft. Dann, wenn wir in das kleine Tal direkt an der Grenze zu Österreich abbiegen, herrscht gespannte Ruhe. Urlaub auf dem Bauernhof ist selbst für uns Landeier aus dem Spessart immer wieder neu und gewöhnungsbedürftig. Der Geruch der Tiere und dessen, was sie produzieren, die Schwärme von Fliegen in der Nähe der Stallungen und die urige Sprache der Eingeborenen, einfach alles ist anders als zu Hause.

Die Bäuerin begrüßte uns warmherzig, obwohl sie an einem An- und Abreisetag kaum Zeit zum Durchschnaufen hat. Der Bauer winkt beim Vorbeifahren vom Traktor herunter, wenn wir auf unserem Lieblingsplatz, der großen Holzbank neben der Eingangstüre sitzend, die Gegend genießen. Erinnerungen an den letzt jährigen Aufenthalt kommen beim Anblick des vertrauten Anwesens und der Bergkulisse wie von selbst hoch.

Das Besondere am Heuhof Fink ist, dass es ein Schwimmbad und einen Wellnessbereich gibt.

Da das Wetter hier in den Alpen schnell mal ungemütlich werden kann, sind unsere Jungs und wir beide dann einfach einen Tag im nassen Element oder spannen in der Sauna aus.

Am Abend des Anreisetages saßen wir auf der gemütlichen Ess-Eckbank in unserer Ferienwohnung zusammen und planten grob unseren Aufenthalt durch. Grob deshalb, da neben dem Wetter auch meine Tagesform sehr stark wechselt. Besonders volle Terminkalender nehmen mir die Luft und engen mich ein. Mein Akku, und in meiner Vorstellung trägt jeder Mensch so ein Teil mit sich herum, ist momentan klein und leistungsschwach. Dazu kommt noch, dass er sich selbst in Situationen, in denen die meisten anderen Menschen entspannen und auftanken, immer weiter entlädt. Eine gesellige Abendrunde unter Freunden beispielsweise, oder ein profaner Arztbesuch können dazu führen, dass ich mich von einer Sekunde auf die andere leer und depressiv fühle. Dann hilft mir nur noch schlafen. Im Schlaf füllten sich die Batterien laaaangsam wieder auf. Diesem Umstand mussten wir bei unseren Aufenthalt nun Rechnung tragen. Und dennoch wollte ich natürlich nicht, dass alle anderen meinetwegen einen öden Urlaub verbringen mussten. Insgeheim beschloss ich, meine inneren Warnsignale möglichst lange zu ignorieren und mir nichts anmerken zu lassen. Soweit mein Plan.

Diesmal wollten wir unbedingt nach Oberstdorf fahren und, die Nebelhornbahn nutzend, den Gipfel erstürmen. Da ich schon einige Jahre zuvor, dort oben ein unvergessliches Wanderwochenende begonnen hatte, war meine Vorfreude groß. Wir stiegen eine Station unter dem Gipfel, am Edmund-Probst-Haus aus der Nebelhornbahn aus und erklommen alle gemeinsam den Berggipfel zu Fuß. Ein herrlicher Blick machte den doch recht beschwerlichen Aufstieg vergessen. Mir fiel eine Anekdote zu meinem letzten, kurzen und unfreiwilligen Gipfelbesuch hier oben ein.

Als vor einigen Jahren die Truppe der unerschrockenen Wanderer, zu denen noch meine beiden Brüder und mein Schwager gehören, unsere Bergtour vom Nebelhorn aus starten wollte, passierte folgendes. Während der Bergfahrt wurden wir vier getrennt. Die erste Kabine war voll und die Türen schlossen sich. Zurück bleiben mein Bruder, der die Tour geplant hatte und ich, während die anderen beiden winkend und lachend in Richtung Gipfel davon sausten. „Hoffentlich wissen die noch, dass wir nicht bis ganz hoch fahren!“, brummte mein Bruder orakelnd. Mit der nächsten Bahn fuhren wir bald darauf ebenfalls zur verabredeten Station. Wir stiegen aus, und, wie konnte es auch anders sein, dort war keine Spur von ihnen. Um uns die Wartezeit zu verkürzen, und weil wir schon ein kleines Hüngerchen hatten, vesperten wir erstmal unsere in den Rucksäcken mitgenommenen Leckereinen. Unsere Hoffnung war, dass die beiden Falschfahrer ihren Irrtum ja bald dort oben am Gipfel bemerken müssten, und mit einer der nächsten talwärts fahrenden Bahnen zu uns stoßen sollten. Unser kurzer Snack wurde länger und auch die Schneeballschlacht, die wir beide aus Spaß und Ungeduld veranstalteten, brachte uns die beiden verirrten Kameraden nicht zurück. Wie Männer so sind, hatten wir uns noch nicht gegenseitig unsere teilweise neuen Handynummern mitgeteilt. Das wollten wir erst hier oben kurz vor dem Tourstart machen. Ohne Chance, die beiden telefonisch zu erreichen, warteten wir weiter. Wir würden heute noch hier sitzen, wenn ich nicht nach 20 Minuten mit der nächsten Gipfelbahn hochgefahren wäre. Ich fand sie dort oben schnell. Sie saßen lachend und winkend mit je einem Weißbierglas in der Hand auf der Besucherterrasse und ließen es sich gut gehen. „Wo bleibt ihr denn?", gurgelte es mir von ihnen entgegen. Meine Fassungslosigkeit schlug spontan in Wut um. Nachdem ich den Wortschwall des Grauens über beide entleert hatte, ging ich wortlos zum Ticketschalter. Ich schilderte dem Kartenverkäufer die Geschichte in aller Kürze. Natürlich nicht ohne zu betonen, wie sauer ich sei und für wie dusselig ich meine beiden Begleiter hielt. Da ich kein Geld für diese ungeplante Fahrt zahlen wollte, bat ich, uns so in die Gondel zu lassen. Der Kartenverkäufer lachte nur kurz, schüttelte den Kopf und sagte dann „...na, dann foats halt obi (hinunter)."

Heute, wo ich erneut auf diesem Gipfel stehe, muss ich über die Aufregung von damals schmunzeln. Mein Weißbier, um das mich die beiden damals gebracht hatten, habe ich natürlich heute nachgeholt. Prosit!

Wer glaubt, dass bergauf laufen anstrengend ist, der sollte einmal eine längere Strecke in den Bergen hinab gehen. Zuerst federn die Oberschenkel das Körpergewicht locker ab. Nach einiger Zeit zieht es schon verdächtig, und ab einer gewissen Strecke ist es ohne Stöcke echt anstrengend. Irgendwann bei diesem Abstieg zur Bergbahnstation fiel mir auf, dass ich meine Sonnenbrille verloren hatte.

„Nee, oder?" Meine superschöne Matrix-Sonnenbrille war wie vom Berg verschluckt. Alles Ärgern und Suchen nützte nichts. Garantiert laufe ich den Weg hinauf und dann wieder hinab nicht noch einmal. Meine Beine fällten ein hartes aber gerechtes Urteil und strebten abwärts, weiter der Station zu und wir wurden, wie die unzähligen anderen Tagesbesucher, in einem nur in der Nacht unterbrochenen Strom aus Leibern nach unten gebracht und an der Talstation ausgespuckt.

Auf dem Rückweg zu unserem Bauernhof machten wir noch einen Abstecher ins idyllische Immenstadt. Das schöne Wetter wollte ja ausgenutzt werden, und einige Einkäufe standen noch an. Irgendwie landete die ganze Familie in einer wunderschönen Buchhandlung. Da stand ich nun und inspizierte die Buchcover der Bestseller intensiv. Ich war schon länger auf der Suche nach dem Buchtitel dieses Buches. Der Arbeitstitel war, in Anlehnung an das Hörbuch des wunderbaren Hape Kerkeling, „Spinner mal weg“ gewesen. Doch nach einiger Zeit war ich mir nicht mehr so sicher, zweifelte mehr und mehr und verwarf ihn schließlich wieder. Weitere Eingebungen zu dieser Frage folgten ihm auf seinem Weg in den Papierkorb. „Neben der Spur“ und „Fehlfunktion“ sollten es demnach auch nicht sein. Ich hing in Gedanken bei der Titelsuche fest, verließ die Buchhandlung, während meine Frau mich auf einen Sonnenbrillenstand in der Nähe aufmerksam machen wollte. Ich bräuchte ja eine Neue, da ich alter Schussel meine alte

Sonnenbrille ja auf dem Nebelhirn verloren hätte.

Wie vom Donner gerührt blieb ich stehen und starrte ihr nach, als sie zielsicher zur Lichtschutzaugengläserverkaufsauslage schlenderte. „Was hast du gerade gesagt?“

Den Satz nun korrekt wiedergebend, zeigte sie in Richtung des Brillenladens. „Du bist genial“, platzte aus mir heraus, während ich strahlend auf sie zulief und ihr aufgeregt wieder und wieder erklärte, dass sie mich von meiner Buchtitelsuche erlöst hatte. Ausgerechnet durch einen Versprecher! NEBELHIRN. Das passte, wie die Brille zu meinen Augen, der Titel zum Buch, der Punkt zum Komma.

So in Euphorie schwelgend, kann ich mich an den Rest der Einkaufstour beim besten Willen nicht mehr erinnern. Philosophisch tiefgründige Gedanken klopften an meine Denkpforte, baten um Einlass und so öffnete ich die Tür. Nachdem sie sich durch mein Nebelhirn gewunden hatten, strömten sie ungefiltert aus meinem Mund heraus. „Weißt du, warum ich die Brille auf dem Berg verloren habe“, fragte ich meine, schon leicht von meinem Heiterkeitsanfall genervte Frau. Ohne eine mögliche

Antwort abzuwarten, platzte es aus mir heraus. „Zuerst musst du dem Berg ein Opfer bringen! Erst dann gibt er dir etwas zurück!“

... Erinnerungen ... Teil 2

Beim Aufarbeiten meiner oft nicht lückenlosen Tagebuchaufzeichnungen versuche ich, eine gewisse Chronologie einzuhalten. Wahrscheinlich der Einfachheit halber, oder weil man das so in der Schule gelernt hat. Eins nach dem Anderen. Was aber, wenn einem, nachdem ein Kapitel schon fertig geschrieben ist, plötzlich noch weitere wichtige Vorkommnisse oder Begebenheiten in den Sinn kommen? Natürlich wäre es kaum ein großer Aufwand, das alles von Ihnen unbemerkt nachträglich einzufügen. Aber das wäre geschummelt. Geschummelt in dem Sinn, dass es dann zwar an seinem korrekten Platz auf dem imaginären Zeitpfeil stehen würde, es mir dennoch erst jetzt, nämlich später, wieder eingefallen ist. Warum jetzt? Keine Ahnung! Aber es mag sich schon irgendein tieferer Sinn dahinter verbergen, dass gerade jetzt meine Erinnerungsschublade quietschend und knarrend aufgezogen wurde.

Was war denn nun in dieser Schublade ganz nach hinten gerutscht? Da war eine Vollmondnacht in Bad Kissingen, eine Bank auf dem Saunaaußengelände und Manuela. Manu war die Seele meiner Kerngruppe. Sie sorgte sich um jeden, war da, wenn jemand sie brauchte. Meist rheinische Fröhlichkeit versprühend, verscheuchte sie unzählige Male die dunklen Wolken an meinem Denkhorizont.

Als Manuela an diesem Abend, ich saß gerade im Bademantel nach einem Saunagang dampfend auf besagter Bank, mehr wankend als gehend auf mich zukam, war nicht zu übersehen, dass sie mit dem Auftanken an der Reihe war. Sie ließ sich neben mich auf die Bank plumpsen, atmete laut hörbar aus und zündete sich wortlos eine Zigarette an. Nach einer schier endlos langen Weile schaute sie mich an und ich legte, immer noch schweigend, meinen schwitzigen Arm um sie. Wir beide saßen da, rauchten und schauten still dem Rauch nach, bis er nicht mehr wahrnehmbar vom Nachthimmel verschluckt wurde. Tränen rannen uns beiden über die Wangen. Nicht aus Angst, Wut oder Traurigkeit, sondern, weil das gerade ein vollkommener

Augenblick war. Diese Augenblicke sine selten in einem Menschenleben. Umso mehr freute es mich, diesen mit ihr hier und jetzt zu erleben. Da macht es auch nichts, dass ich nur in Badelatschen und kaltem Hintern auf dieser Plastikbank bei ihr saß.

Einige Zigaretten später ging sie. Sie stand einfach auf, blickte mich kurz an und lief langsam zur Eingangstür. Ihr Gang war immer noch langsam, aber sie ging Aufrecht und mit einem gewissen Stolz.

Dieses umwerfende Gefühl festhalten wollend, legte ich mich nochmals in die heiße Sauna. Mit geschlossenen Augen lag ich da und genoss es, diesmal ihr geholfen zu haben.

Christas Meditationsweg!

Einen besonderen Platz in meinem Herzen habe ich für Christa reserviert. Sie kam mit mir zeitgleich in der Klinik an und fiel mir sofort ins Auge. Christa ist eine ruhige, liebenswerte Person. Normalerweise werden solche Menschen oft übersehen, aber ihre strahlenden, gütigen Augen stachen aus der ersten Stuhlkreisrunde heraus und faszinierten mich. Da saß diese zierliche Person im großen Rund und ich konnte die Augen nicht von ihr wegnehmen. Mein Zimmer lag im dritten Stock, und so begegnete ich ihr ab und zu im Treppenhaus. Wir grüßten und sie lächelte. Mehr nicht.

Wann genau ich sie ansprach, kann ich nicht mehr sagen. Aber es war der Beginn einer Freundschaft, die bis weit in die Zeit nach Heiligenfeld dauern wird. Wir unternahmen lange Spaziergänge im Park, besuchten die Schillereiche und schauten den Frühlingsblumen beim Austreiben zu. Christa verblüffte mich ein ums andere Mal durch ihr großes Herz. Sie hatte in ihrem Leben schon viel mitmachen müssen und somit allen Grund gehabt, wie viele andere an ihrer Stelle, vom Schicksal verdrießlich, hart und ungerecht geworden, durch das Leben zu gehen. Aber Christa strahlte. Von innen her. Ich genoss jeden unserer langen Ausflüge in die Highlands von Bad Kissingen. Wir steckten die Köpfe zusammen, tuschelten, kicherten, aber wir gaben uns auch Halt, vergossen manche Träne und versuchten immer wieder aufs Neue eine Brücke über den vor uns aufreißenden Abgrund zu bauen. Etwas außerhalb der Stadt gibt es einen Meditationsweg im Wald. Obwohl ich schon viel offener solchen Dingen gegenüber geworden bin, wäre ich aller Wahrscheinlichkeit nach nicht auf die Idee gekommen, dorthin zu gehen. Eines Tages kam sie auf mich zu und sagte, eigentlich untypisch für sie, dass sie mir etwas zeigen möchte. Wir zogen sonntags nach dem Frühstück los und gingen ein Stück die Straße entlang, dann über Feldwege bis zum Waldrand. Dort begann der Meditationsweg. Ein Weg, an dem jeder der ihn geht, an verschiedenen Stationen Halt machen kann und zum Nachdenken über sich, sein Leben und wie es weitergehen soll, eingeladen ist. Gleich bei der ersten Station, einem überdimensionalen Spiegel vor den man sich stellen kann, zerrte ich probierfreudig Christa mit mir mit und nahm das Ganze von der spielerischen Seite. Was für mich ein kindliches Vergnügen war, verursachte bei ihr große Probleme. Sie schaffte es an diesem Tag, trotz meines Zuredens nicht, vor diesen Spiegel der Wahrheit zu treten und sich selbst anzuschauen. Lange sprachen wir an diesem Tag darüber. Über die Tage und Wochen, die kamen und wieder gingen, wuchs Christa. Wir vertrauten uns mehr und mehr, halfen uns gegenseitig, reflektierten gemeinsam unsere Erfahrungen im Umgang mit anderen und wurden unzertrennlich. Sie wuchs von innen heraus. Es war faszinierend mit anzusehen, ähnlich wie Adrian aus der Tierhandlung des ersten Teils von Rocky zu einer starken, stolzen Frau wurde, sich auch sie verwandelte. Manchmal fehlen mir unsere Gespräche, der achtsame Umgang miteinander und die langen Spaziergänge mit ihr sehr.

Doch Lebenswege kreuzen sich oft unverhofft. Gestern hat sie mir freudig gemailt, dass zu der Zeit, zu der ich erneut in Heiligenfeld sein werde, auch sie für einige Tage in der Klinik ist. Das bedeutet, dass ich mir meine Wanderschuhe einpacken muss. Wenige Dinge lösen bei mir momentan Freude aus. Aber das Wiedersehen mit ihr gibt mir jetzt schon, einige Wochen vorher, Kraft und Energie. Danke, dass ich dich kennenlernen durfte!

Drachenauge!

Da gibt es eine weitere Geschichte, die ich erzählen möchte. Der Ausdruck Geschichte passt allerdings nicht sonderlich gut, da es sich vielmehr um ein Geflecht, sich gegenseitig beeinflussender und bedingender Handlungen und Vorkommnisse handelt. Ähnlich schwer, wie bei einem verhedderten Gartenschlauch oder einem Kabelsalat Deluxe hinter der Wohnwand auf Anhieb der Anfang des ganzen Gewurstels zu finden ist, so tue ich mir damit gerade bei diesem Gespinst aus Erinnerungen und Handlungssträngen nicht leicht damit. Aber so, wie man beim Kabelsalat auch an einer Stelle beginnen muss, so fange ich nun hiermit an.

An einem meiner bisher schwärzesten Tage im lief ich wieder einmal ruhelos und völlig leer den steilen Berg hinter dem Kliniktrakt hinauf. Hinauf bis zum Aussichtspunkt und zum Sissi-Denkmal ganz in dessen Nähe. Ohne viel Erinnerung an die Wegstrecke zu haben, muss ich an diesem Tage weit über meine sonst übliche „Strecke der Verzweiflung“ wieder hinabgelaufen sein, den Park durchquert und quer durch die ganze Stadt gelaufen sein. Es ist mir bis heute ein Rätsel, wie ich an dieses Schaufenster, vor dem ich gerade, fast zusammenzuckend wieder meine Umwelt wahrnahm, gekommen bin. Nur langsam registrierte ich, dass es sich um ein Tattoo-Studio handelte, dessen Schaufenster meine Neugierde erregte. Es waren Bilder von gutgelungenen Tattoos aller Art, die ich, warum auch immer, intensiv betrachtete.

Obwohl ich nicht genau wusste, was ich hier sollte, blieb ich noch eine Weile stehen, denn es war mir so, als ob irgendetwas oder irgendjemand mich genau hierher geführt hatte. Dann plötzlich musste ich lächeln. Ja, genau. Seit einigen Jahren gehe ich schon mit dem Gedanken schwanger, mich ebenfalls tätowieren zu lassen. Bisher war allerdings ganz nach Harry Potter, in dessen Geschichte ja auch der Zauberstab den Zauberer auswählt, ich noch von keinem Tattoo ausgewählt worden. Dem Gedanken, was wohl zu mir passen könnte nachhängend, verbrachte ich die nächsten Tage, ohne dabei einen entscheidenden Schritt weiter zu kommen. Dann kam mein Traum!

Normalerweise erinnere ich mich gar nicht oder nur schemenhaft an das was ich, wenn überhaupt, in der Nacht träume. Das war diesmal gänzlich anders. In meinem Traum ging ich, mit einem langen Stab in der Hand, mit einem Begleiter durch einen Wald. Eine Stelle am Waldboden zog mich wie magisch an. Es war eine kreisrunde Fläche, die sich deutlich vom restlichen Waldboden abhob. Ich ging hin, ganz nahe und stocherte mit meinem hölzernen Stab dort herum. Mein Begleiter versuchte mich zu warnen. Ich solle aufhören, sonst erwache etwas Großes, Altes und Mächtiges, das hier ruhte. Etwas, wovor sich die übrigen Waldbewohner, die plötzlich um mich herum waren, sehr zu fürchten schienen. Sie liefen weg. Alle. Alleine stand ich da und starrte, fast erwartungsfroh auf den felsenähnlichen Kreis. Dann schlugen plötzlich zwei Reptilienaugenlieder zurück und ich blickte mitten in ein riesiges, wunderschönes Auge. Das Auge eines Drachen, der hier in der Erde lag, fokussierte mich langsam. Ich verspürte keine Angst und keinerlei Unbehagen, als das geschah. Das Geschöpf erwachte, fast als hätte es mich erwartet. Durch den Waldboden schienen wellenartige, seismische Stöße zu laufen. So wie bei einem spiegelglatten Teich, wenn man einen Stein hineinwirft. Ich wachte auf. Es passierte das Letzte Mal in meiner Jugendzeit, dass ich durch einen Traum erwachte. Meist nass geschwitzt, keuchend oder mich wundernd, dass ich tatsächlich aus dem Bett gefallen bin, kaum dass ich im Traum von einem Stuhl zu fallen schien. Diesmal war das Erwachen angenehm. So als hätte ich nie geschlafen, schlug ich meine Augen auf, hüpfte aus dem Bett und vollführte einen Freudentanz im Zimmer. Aufgekratzt wie ich war bemerkte ich erst Minuten später, dass ich gerade ausgewählt wurde. Ein Drachenauge sollte mein Symbol sein, das ich mir stechen lassen wollte.

EINE Merkwürdigkeit kann Zufall sein. Das ziellose Umherlaufen vor einigen Tagen hätte eventuell auch an einem Schaufenster einer Herrenboutique enden können. Jetzt aber dieser seltsame Traum von einem Wesen, das auf mich zu warten schien. Gut, selbst solche ein Traumerlebnis könnte vom Genuss von zuviel laktosefreiem Käse oder abendlichem Rohkostverzehr herrühren. Normalerweise machen sich rohe Salate am Abend durchaus anders bemerkbar. Das hat dann mehr mit Magengrimmen als mit Drachenaugen zu tun.

Ein drittes Puzzleteil sollte sich alsbald in mein Bild einfügen.

Es ist das, was mir beim Besuch der sogenannten Atemgruppe geschah. Als ich den Namen dieser Therapiegruppe zum aller ersten mal hörte, schien sich nichts Dramatisches dahinter zu verbergen. Mich wunderte nur, dass diejenigen, die dort gewesen waren und davon berichteten, sehr ernst und gefasst davon erzählten. Alle Neuen, also auch ich, mussten sich vor dem Besuch dieser Therapie einer Einweisung unterziehen. Die Atemübungen wurden immer paarweise durchgeführt. Der Eine liegt auf Matten und Decken, während sein Partner daneben kniet und ihn begleitet. Das ist auch durchaus notwendig, denn während der 60 Minuten holotropes Atmen können alte Ängste und Konflikte, bedrohliche und traumatisierende Lebensereignisse wieder an die Oberfläche treten. Hier möchte ich zum ersten- und letzten Mal meinen Zeigefinger erheben.

Bitte machen Sie niemals den Versuch, das von mir beschriebene zuhause nachzumachen. Dafür gibt es spezielle Kurse, die von Therapeuten geführt und beobachtet werden müssen!!

Sanft Musik und die ruhigen Erklärungen der Therapeutin, die das, was sie hier durchführte aus tiefster Überzeugung macht, bildeten die Einleitung zu dieser Reise. Danach wurde die Musik merklich aggressiver und lauter. Auf ein Kommando hin begannen alle, die bis dahin relativ entspannt auf den Matten lagen, intensiv mit dieser speziellen Atmung. Holotropisch bedeutet, eine Stunde lang so tief und so schnell es möglich ist, ein und auszuatmen. Und nun wird klar, warum bei jedem Atmenden, der seinen Körper bis ans Maximum mit Sauerstoff sättigt, auch jeweils ein

Begleiter sein muss. Wer schon einmal mehrere tiefe Atemzüge hintereinander genommen hat, der kennt das Schwindelgefühl, das sich sofort einstellt. Atmet man weiter, breitet sich dieses Gefühl wie ein Kribbeln auf Arme, Beine und den ganzen Körper aus. Hände verkrampfen sich zur sogenannten Pfötchenstellung und der Körper reagiert auf diesen, für ihn alarmierenden, Sauerstoffüberschuß.

„Weiteratmen" hallte es durch den Raum und abermals wurde die Musik lauter und der Rhythmus peitschte die Atemfrequenz nach oben. Als Atmender kann man in diesem Zustand alles wahrnehmen, sprechen und man hat in den allermeisten Fällen die Kontrolle über das was mit einem geschieht.

Als ich zum ersten Mal mit dem Atmen an der Reihe war, verflogen mit dem Einsetzen der Musik meine Aufgeregtheit und das komische Gefühl in der Magengegend. Das stete Heben und Senken meines Brustkorbes, die tragende Musik und die beruhigende Stimme der Therapeutin gaben mir Halt auf meiner Reise. Dabei kann wirklich alles geschehen. Alte, längst verdrängte Erlebnisse werden neu aktiviert und zwingen den Betreffenden zu massiven körperlichen Reaktionen. Das ist durchaus gewollt, da nur dann eine alte „Verletzung" heilen kann, wenn sie aktiv verarbeitet wird. Es wird getreten, geschlagen, gebrüllt. Fäuste trommeln auf die Matratzenlager ein und krampfartiges Aufbäumen des ganzen Körpers war oft die Folge. Einige berichten, es sei wie eine schwere Geburt ins eigene Leben gewesen.

Dieser Kurs fand nicht umsonst in einem etwas abseits gelegenen Gebäude mit dicken Mauern statt. Fast 20 Menschen saugten, laut hörbar, die Luft im Takt der Musik tief in sich hinein und stießen sie mit allerlei Geräuschen wieder aus. Die Therapeuten und Praktikanten der Klinik beruhigten diejenigen, die zu kollabieren drohten und ermutigten andere, die zu zaghaft waren. Dann brach die Hölle um mich herum los. Der nackte Wahnsinn schien zur rauschenden Ballnacht geladen zu haben. Ein Tollhaus aus hämmernder Musik und unmenschlichen Schreien mischte sich mit dem Geruch von schwitzenden Körpern und verbrauchter Luft. Mitten darin lag ich und atmete. Welche Reise hatte ich erlebt? Fast schämte ich mich, aber es wollten sich bei mir partout keine Ängste zeigen und sich im stattfindenden Konzert der Urgewalten in Nichts auflösen. Es waren bei mir freudige, vertraute Gefühle, Orte und Personen, die mich heimsuchten. Ich traf mich, als ich ca. 8 Jahre alt war. Wir sprachen miteinander und besuchten quasi zusammen die Orte meiner Kindheit. Da war die Brücke am Bach, auf der ich als Kind so oft saß und Pfeile schnitzte. Dann durchstreiften wir nochmals gemeinsam die Schleichwege längst vergangener Kindertage durch die Hecken und das Dickicht, das nicht weit von meinem Elternhaus auf alten Weinbergmauern wuchs. Ich lag da, lächelte still in mich hinein, während um mich herum die Seele aus Leibern geschrien wurde.

Meine zweite Atemreise verlief etwas anders als die Erste. Es waren eher kämpferische Themen, die mich umtrieben und beschäftigten. So verlief dann auch dieser Besuch im Reich des Sauerstoffüberschusses so, wie ein 12 Runden Boxkampf. „Ich geh nicht mehr zu Boden!" Diesen Satz schrie ich heraus. Wieder und immer wieder, während mein Gegner so fest er konnte auf mich einschlug. Mal um Mal musste ich mich ihm stellen und, so fest er auch zuschlug, ich hatte ein überwältigen tiefes Gefühl der Sicherheit. Ich geh nicht mehr zu Boden! Das Leben wirft mich nicht noch einmal in seinen Staub. Dieser Satz aus einem Rocky-Film war plötzlich da und gab mir Kraft. Es wirkt lächerlich, aber Mickey, der alte Trainer von Rocky, stand neben mir und schien mich anzufeuern. So stand ich Runde um Runde im Boxring meines Lebens und hatte den wichtigsten Kampf zu bestehen. Gegen mich selbst. Gegen meine Angst und gegen das nimmermüde Trommelfeuer an Schlägen.

Meine dritte und letzte Atemreise kam, und ich lag angespannter als sonst, hier im Haus der Schreie, wie ich es nannte. Man solle sich auf keinen Fall ein Thema oder etwas Bestimmtes zu Beginn einer Atemreise wünschen. Möglichst offen, für alles, was sich zeigen möchte, begann ich nun meine finale Reise. Das fast schon vertraute Szenario der Einleitung begann. Ich lag also da und begann zum wiederholten Mal das bewusste, tiefe und schnelle Ein- und Ausatmen. Der Takt der Musik aus der Box, die genau neben mir stand, gab mir die Geschwindigkeit vor. Meine Atemnachbarn hatten wohl schon alle ihr Thema gefunden. Zumindest hörte es sich um mich herum so an. Fast ungeduldig wartete ich auf eine Reaktion. Man kann wohl viel im Leben erzwingen, aber nicht das Tempo einer Atemreise. Ich stand in Gedanken plötzlich auf einem Felsen am Rande eines tiefen Abgrundes. Einige Meter unter mir hockte ein wilder, unbezwungener und freier Drache. Ich sah in dem Szenario keinen anderen Sinn, als dass ich wohl auf dieses Tier aufspringen sollte. Wer mich kennt weiß, dass ich schon beim Aufsitzen auf ein Pferd ein mulmiges Gefühl bekomme. Es behagt mir überhaupt nicht, wenn ich eine Situation, und das empfinde ich auf dem Rücken eines Pferdes so, nicht unter Kontrolle habe. Dann lieber mit dem Mountainbike einen steilen Trial runterdüsen. Wenn ich bremsen will, ziehe ich an einem der dafür vorgesehenen Hebel und das Rad verzögert, den physikalischen Gesetzten dieser Welt gehorchend.

Auf dem Rücken eines Pferdes ist das anders. Da müssen Schenkelmuskeln im Gleichklang mit Zügelziehen dieses sture Tier am anderen Ende meiner Wirbelsäule davon überzeugen, dahin oder mehr dorthin zu gehen. Meist ohne Erfolg. Nun soll es also ein Drachenritt sein. Das alles fühlte sich wie im richtigen Leben an. Ich schwitzte, hatte Angst, sah die Tiefe des Abgrundes und sprang nach einer gefühlten Ewigkeit auf den Rücken dieses stolzen Geschöpfes. Sofort, nachdem ich unsanft auf der gepanzerten Haut gelandet war, legte ich mich bäuchlings flach hin und breitete die Arme über seinen Schwingen aus. Er zuckte ruckartig hoch, mich huckepack nehmend, und stürzte sich kopfüber in den Abgrund hinab. Mein Magen rutschte mir bis zum Hals und traf dort auf mein wie wild pochendes Herz. Ich wollte schreien, doch kein Ton wollte über meine Lippen kommen. Alles in mir verkrampfte sich und ich hielt die Luft an. Dann hörte ich die strenge Stimme der Therapeutin..."Weiteratmen, los, weiteratmen. Sofort!" Dann, lange Sekunden des freien Falls hinter uns haben, spürte ich, wie sich der Sinkflug schlagartig verlangsamte, als er seine Schwingen ausbreitete. Er schlug kraftvoll auf und ab. Ich lag auf ihm, meine Arme im gleichen Takt wie er seine Schwingen bewegend. Ein irres Gefühl, wie bei einem Bungee-Sprung, durchflutete mich. Wir flogen. Tatsächlich, auf einer urzeitlichen Sagengestalt liegend, jagten wir durch die Schlucht. Haarscharf an bizarren Felsformationen vorbei, die wildesten Flugmanöver zusammen versuchend. Das war das wohl intensivste Gefühl von absoluter Freiheit, das ich jemals in meinem Leben hatte.

Völlig erschöpft kam ich, nach 40 Flugminuten, langsam wieder ins Hier und Jetzt zurück. Durchgeschwitzt klebte mein Shirt an meinem nach Luft japsenden Oberkörper. Zitternd und lächelnd lag ich fertig auf der Matte und war selig. Was ich während meiner Reise kaum wahrgenommen habe war, dass ich die Flügelschlagbewegungen nicht nur im „Traum“ durchgeführt habe. Nein, ich lag, sehr zur Verwunderung einiger Begleitpersonen im Therapieraum, wild mit den Armen rudernd auf meiner Matte, und hatte anscheinen einen Riesenspaß. Meine schmerzenden Brustmuskeln erinnerten mich noch Tage später an diesen Trip.

Das Bild hat sich nun zusammengefügt. Als unzerstörbare Erinnerung bis an meinen letzten Tag hier auf dieser Erde, trage ich das Drachenauge auf meiner linken Schulter. Er hat mich gefunden und ich kann ihn hoffentlich dann wieder wecken, wenn ich ihn am Nötigsten brauche.

Alle Tage aufs Neue!

Das, was während meines Klinikaufenthaltes fast störend gewirkt hatte, das vermisse ich jetzt. Gemeint ist damit ein Stundenplan für die vor mir liegenden Tage. Wir Menschen sind es anscheinend gewöhnt, uns nur dann wohl und sicher zu fühlen, wenn wir das „Programm" kennen. Das mag auch aus der Schulzeit herrühren. Dort lernen junge Menschen schon, im Takt der Schulglocke zu funktionieren. In den langen Sommerferienwochen ohne Stundenplan herrscht dann oft hilflose Langeweile. Dann später im Menschenleben ist das Phänomen auch bei Vereinssitzungen oder sonstigen Versammlungen zu beobachten. Es gibt eine Tagesordnung, die Punkt für Punkt abgearbeitet wird. Der Urlaub ist minutiös geplant und bei jedem geschäftlichen Termin wird vorher eine Agenda vereinbart.

Dabei hat es auch seinen Reiz, einfach mal ohne Plan durch das Leben zu gehen. Normalerweise ist das so, aber so sehr ich einen unverplanten Tag früher herbeigesehnt habe, so sehr fürchte ich ihn jetzt.

Zum Einen fehlt mir die Kraft, jeden Tag aufs Neue einen Plan zu erstellen. Zum Anderen stellt sich bei mir die Muße nicht ein, solche Tage planlos genießen zu können. Ich habe es schon oft versucht, aber es will nicht klappen. Die Sonne scheint, ein herrlicher Tag kündigt sich zuhause an, jedoch sobald ich mich für fünf Minuten auf unsere schöne Terrasse setzt und eine Tasse Kaffee bewusst genießen möchte, läuft alles in mir drunter und drüber. Irgendetwas treibt meine Gedanken ruhelos weiter und macht zum wiederholten Male meine Genussversuche zu Nichte.

Es gelingt mir einfach nicht, den Schalter umzulegen und ohne schlechtes Gewissen einmal bewusst nichts machen zu dürfen. Das Gedankenkarussell beginnt sich zu drehen, der Kartenverkäufer läutet die Glocke und dann beginnt sich das Ding zu wirbeln. Meist springe ich nach kurzer Zeit entnervt wieder auf und suche mir ruhelos und halbherzig irgendeine Beschäftigung, die keine lange Konzentration erfordert. Dabei kommt erschwerend hinzu, dass mir zurzeit genau die Dinge, die mir über Jahre hinweg Freude bereitet haben, momentan völlig egal sind. Entweder das, oder ich bin schlichtweg zu müde und leer um mich zu irgendetwas aufzuraffen. Mountainbiken oder Laufen stehen inzwischen schon nicht einmal mehr auf meiner „das könnte ich mal wieder machen“ Liste.

Aufgrund des anhaltenden Schlafmangels schleppe ich mich seit Wochen zombigleich durch die Tage. Froh, wenn ich die anstehenden Haushaltsaufgaben irgendwie erledigt habe und unfähig mich über schöne Dinge zu freuen. Und dann stellt sich irgendwann zwangsläufig die Sinnfrage. Mal um Mal taucht sie gerade dann auf, wenn jeder Lebensmut gerade aus mir gewichen ist, kommt vorbei und will beantwortet werden. Leider musste ich sie immer wieder unbefriedigend oder gar nicht beantwortet wieder wegschicken, mit der bangen Gewissheit, dass sie auf alle Fälle wiederkommt. Immer wieder, solang bis ich auf diese Frage meine Antwort gefunden habe. Auf der einen Seite also, suche ich krampfhaft danach, meinem Leben und meiner Zukunft einen Sinn geben zu wollen, auf der anderen Seite muss ich lernen, mich auch an den schönen, ungeplanten und oft „unsinnigen“ Momenten erfreuen zu können.

Zwischen diesen beiden Polen, der ruhelosen Sinnsuche und dem Zulassen der absoluten Abwesenheit eines bestimmten Zweckes flitze ich wie ein verwirrtes Elementarteilchen hin und her. Jeder Tag aufs Neue wird so, von Außenstehenden oft nicht zu begreifen, zur Zerreißprobe für mich. Meine Lebensunzufriedenheit ist wie ein Rudel Wühlmäuse. Wenn sie sich lange genug irgendwo festsetzen, bleibt nur eine Menge Löcher und abgefressene Wurzeln übrig. Unzufriedenheit mit meinem Status Quo hilft mir aber auch, mich gegen die lähmende Lethargie aufzulehnen.

NEIN zu schreien und irgendwann doch aus dem Bett zu steigen.

So ist sie gleichsam ein schleichendes Gift und wirksames Heilmittel. Klar ist, dass ich in dieser Verfassung schon seit Monaten meinen beruflichen Verpflichtungen nicht mehr nachkommen konnte und kann. Seit Dezember, also seit acht Monaten läuft im Büro nur der Anrufbeantworter. Dass dies kein Dauerzustandsein kann, sollte eigentlich klar erkennbar sein. Dennoch klammere ich mich unbewusst an meinen Kundenstamm. Aber alle diese Menschen haben es verdient, dass sie einen Ansprechpartner ans Telefon bekommen, wenn sie diesen benötigen.

Ein Kollege besuchte mich genau in dieser Zeit des Zweifelns. Je näher der Besuchstermin rückte, desto unsicherer war ich, ob ich das, was er mir wahrscheinlich sagt, auch hören wollte. Außerdem bin ich es manchmal so leid, anderen Menschen auf die Frage, "Na, wie geht´s denn so?", eine Antwort geben zu müssen.

Es kostet immens viel Kraft, sich dabei selbst in die eigene Wunde fassen zu müssen. Das Erklären des eigentlich Unerklärlichen sorgt dann beim Fragesteller oft ebenfalls zu

Unwohlsein. Die Wenigsten wollen auf die so lapidare Standartfrage nach dem Befinden eine wirklich ehrliche Antwort.

Meinem Kollegen wollte ich dennoch nicht absagen, denn ich kenne ihn zum Einen schon sehr lange und zum Anderen schätze ich seine ruhige und sachliche Art sehr. Das nahm mir ein wenig die Angst vor dem Besuch, denn ich ahnte, dass es sich nicht um einen normalen Freundschaftsbesuch handeln würde.

Eine schwere Entscheidung.

Der Tag kam und mein Kollege auch. Pünktlich wie immer fuhr er mit dem Auto vor. Wir saßen draußen auf der Terrasse und tranken Kaffee. Smalltalk beherrschte die erste halbe Stunde unseres Gespräches. Es plätscherte lapidar vor sich hin, obwohl jeder von uns wusste, dass es unausweichlich so nicht bliebe.

Dann kamen die Fragen. Plötzlich und ohne Schnörkel lagen sie plötzlich auf dem Tisch vor uns und lechzten danach, beantwortet zu werden. Wieder einmal. Nachdem ich ihm, er saß mir gegenüber und hörte mir aufmerksam aber wortlos zu, meine Geschichte erzählt hatte, kam er ohne Umschweife auf den Punkt.

„Was soll jetzt aus deinen Kunden werden?"

„Du weißt", sprach er unaufgeregt weiter, "die Banken werden immer aggressiver und graben wohl schon deine Kunden ab!"

Es ist ein Gefühl, als würde man darüber verhandeln, nach 12 Jahren plötzlich sein eigenes Kind weggeben zu müssen. So empfand ich es, wenn ich darüber nachdachte, einen endgültigen Schlussstrich ziehen zu müssen. Noch klammerte ich mich an die vermeintliche Sicherheit, die mir meine 500 Kunden gaben. Aber eine schnelle Genesung meinerseits liegt noch in weiter Ferne und an eine baldige Rückkehr an die Arbeitsfront war nicht zu denken.

Wir sprachen bewusst ruhig und sachlich die möglichen „Wenn´s" und „Dann´s" einer solchen Entscheidung durch. Jedem von uns war klar, dass dieses schwere Thema nur dann nicht aus dem Ruder laufen würde, wenn wir die Emotionen außen vorlassen würden. Wir vereinbarte, dass wir diesbezüglich in Kontakt bleiben würden, denn an diesem Tag konnte und wollte ich keine Entscheidung treffen. So logisch und unausweichlich sie doch jetzt schon war.

Die auf dieses Gespräch folgenden Nächte waren noch schlafloser als sonst und die Tage verbrachte ich tief in meiner selbstgegrabenen Stimmungsgrube.

Am Ende siegte dann doch die Vernunft. Ich kontaktierte meinen Betreuer und ließ von ihm die nötigen Formalitäten erledigen. Mit meiner Unterschrift auf den Formularen, die ich einige Tage später in meinen Händen hielt, trug ich meine Karriere als Vermögensberater zu Grabe, gab meine Kunden in die guten, erfahrenen Hände von Kollegen und schloss dieses Kapitel meines Lebens ab.

Immer wieder gehe ich in Gedanken diese Tage der Entscheidung durch. Wieder und wieder wäge ich alle Argumente ab und komme zu dem immer gleichen Ergebnis. Es war richtig!

Warum nur stellt sich bei mir nicht das Gefühl von Erleichterung ein. Vielmehr dominiert Traurigkeit und Versagen meine Emotionen. Wer viele Jahre sein Herzblut, unzählige Stunden, Hoffen und Bangen, eben sein ganzes SEIN in seinen Beruf gelegt hat, der tut sich schwer damit, das alles einfach loszulassen. Aber ich rede mir ein, dass erst, wenn sich die eine Türe geschlossen hat, dann irgendwo eine neue Türe geöffnet werden kann. Darauf hoffe ich, während ich im Niemandsland durch die Dunkelheit meiner Gedankenschwaden herumirre. Darauf, dass sich auch für mich bald eine Türe öffnet und ich mit wackeligen Beinen durchgehen kann.

Borreliose. Ja oder Nein?

Um mir nicht später einmal selbst vorwerfen zu müssen, nicht alles versucht zu haben, um den Ursprung meiner Erkrankung ausfindig zu machen, wollte ich in einem bestimmten Punkt Klarheit haben. Vor ca. vier Jahren hatte ich eine Borrelioseinfektion. Seit dieser Zeit merkte ich, dass meine Kräfte immer mehr nachließen. Aufgefallen ist mir das bei einer der vielen Fahrten mit dem Mountainbike. Damals fuhr ich immer wieder mit meinen Kumpels durch die bergige Maintallandschaft. Sonst hatte ich immer relativ mühelos mithalten können, oder war bei guter Tagesform auch mal ganz vorne mit dabei. Nun aber wurde ich von Mal zu Mal immer mehr nach Hinten durchgereicht. Japsend, schwitzend und mich auch schon vor lauter Anstrengung übergebend wurden diese Fahrten für mich immer mehr zur Tortur. Und dies, obwohl ich härter als zuvor trainierte. Es besserte sich nicht, ganz im Gegenteil. Meine Leistungskurve zeigte unaufhaltsam und für mich unerklärlich nach unten. Durch Zufall wurden meine Blutwerte im Vorfeld einer geplanten Alpenüberquerung überprüft. Dann herrschte Klarheit. Durch den Biss einer Zecke wurde ich mit Borreliose infiziert. Leider konnte ich mich an den Zeitpunkt der Infektion nicht erinnern, denn ich bemerkte den kleinen Sauger nicht und es trat auch, wie oft üblich, keine Wanderröte auf.

Also wurde mit Kanonen auf die Eindringlinge geschossen. In Form von einer Doppelpackung Antibiotika nahm ich den Kampf gegen die Eindringlinge auf. Dann, einige Wochen danach, wurden die Blutwerte erneut geprüft. Das Ergebnis deutete auf einen Sieg der modernen Arzneimittel gegen die Infektion hin. Damit war der Fall für die Schulmedizin abgeschlossen und ich konnte beruhigt die Alpenüberquerung von Garmisch an den Gardasee angehen. Warum ich diese Tour gebucht hatte, ist mir erst heute, viele Jahre später klarer. Es war eine Art Flucht nach vorne gewesen. Diese anstrengende Tour sollte mir beweisen, dass ich noch immer stark und belastbar bin. Aus den unzähligen Motivationsseminaren, die man als Vermögensberater freiwillig und unfreiwillig geboten bekommt hat sich so manche flache Floskel eingebrannt. „Setz dir Ziele! Alles eine Sache der inneren Einstellung!" Diese Sätze wie eine Wahrheitscredo von mir hertragend, war ich so davon überzeugt, dass der Körper dem Geist zu gehorchen hat. Irgendwie sollte mich meine „Vorwärts immer, rückwärts nimmer"- Einstellung schon über die Gipfel der Alpen bringen. Soweit der Plan. Ich trainierte wie ein Besessener selbst bei Frost und Schneefall. Dick vermummt quälte ich mich wieder und wieder die Spessartberge hinauf, um gut gerüstet zu sein. Dass ich eigentlich meinen Körper damals auf sträfliche Weise dazu gezwungen habe, ist mir erst heute klar. Über die Alpen an den Gardasee kam ich. Aber es war eine Tortur, nahe an der Grenze zur völligen körperlichen Erschöpfung gewesen. Ich musste täglich weit über mein Limit gehen, obwohl oder weil in meiner Gruppe sechs der acht Mitfahrer im Alter zwischen 60 und 70 Jahren waren. Diese „Asphaltcowboys", wie ich sie nannte, hatten gefühlte 700 Jahre im Sattel von Rennrädern verbracht, konnten kaum noch gehen, aber sobald sie auf dem Rad saßen fuhren sie alles in Grund und Boden. Bis auf die Abfahrten auf steilen, steinigen Trials, bei denen ich lachend und mit der überlegenen Technik meines Bikes spielend leicht an ihnen vorbeirauschte, hatte ich nicht den Hauch einer Chance gegen diese sportlichen Senioren. So machte ich mir immer wieder einen Spaß daraus, sie durch meine Bergabfahrten auf die Palme zu bringen, wissend, dass sie mich am nächsten Anstieg wieder lächelnd überholen würden.

Nun, nachdem seit November 2010 die Diagnose „Schwere Depression" lautete, treibt mich immer aufs Neue ein Gedanke um. Ist meine Borreliose die Ursache für meine Depression, oder hat sich das nur gegenseitig verstärkt? Der tragische Tod von Robert Enke geisterte vor einigen Monaten durch die Medien. Im Internet las ich, dass er angeblich auch Borreliose hatte.

Wieder und wieder googelte ich das Thema Borreliose und Depression. Um es kurz zu machen, es gibt zwei völlig konträre Meinungen dazu im Markt des Wissens und der Weisheit.

Zum einen ist da die Deutsche Borreliosegesellschaft, welche grob die Auffassung vertritt, dass die meisten auf Depression behandelten Menschen wohl eher eine Neuroborreliose hätten. In vielen Fällen würde das aber nicht erkannt und die betreffenden Personen falsch, nämlich mit Psychopharmaka, behandelt.

Dann gibt es die Position der Schulmedizin im Schlepptau der Pharmaindustrie, die genau da Gegenteil behaupten und die Gabe der Psychopharmaka als einzigen Heilungsweg aus der Depression sehen.

Um Klarheit für mich als in diesem Punkt überforderten medizinischen Laien zu bekommen, ließ ich mich in die Neurologie überweisen. Dort wurde mir von Chefarzt ziemlich deutlich mitgeteilt, was er von dem ganzen Gerede über die Neuroborreliose hält. Nämlich nichts. Das wäre alles nur Geschäftemacherei und ich solle bitte meine Medikation weiter fortführen. Da ich jedoch die merklichen Nebenwirkungen meiner Tabletten ansprach, wurde kurzerhand auf ein anderes Präparat umgestellt. Hätte ich doch nur meinen Mund gehalten. Von den neuen Tabletten habe ich innerhalb von 2 Monaten um 8 Kilo zugenommen. Danke dafür, liebe Pillendreher.

Was sich hier eventuell so leicht und spaßig anhört, geht mir in Wirklichkeit an meine letzten Kraftreserven. Auf der Suche nach dem Ursprung meiner Krankheit ins Getriebe der Lehrmeinungen zu geraten, nervt kolossal und kostet Zeit, Kraft und Nerven. Die bräuchte ich aber, um wieder und wieder die Tabletten umzustellen, dann alleine gelassen mit den Nebenwirkungen zurechtkommen zu müssen und gegebenenfalls nochmals umzustellen.

Meine Hoffnung auf Gewichtsreduzierung ruht daher auf meinem erneuten Aufenthalt in Heiligenfeld. Den Grünfutteranteil im wöchentlichen Speiseplan als meinen Freund ansehend, habe ich mir viel vorgenommen. Wir werden sehen!

Träume für die Zukunft.

Ein Mensch ohne Träume ist schon tot. So oder so ähnlich klingt es mir in den Ohren, wenn ich mir über meine Zukunft, und den Dingen, die ich gerne noch erleben und machen möchte, so meine Gedanken mache.

Natürlich habe ich noch Träume. Oft aber resigniere ich schon beim ersten Denkansatz darüber, auf was ich mich noch alles freuen möchte.

Nun denn, es ist mir tatsächlich gelungen, einige Dinge niederzuschreiben, bei denen sich normalerweise so etwas wie FREUDE einstellen sollte.

Da ist der Jakobsweg, der mich reizt. Der Spanischkurs, den ich mit meiner Frau machen will, die Mopedtour mit Kumpels, die noch gemacht werden soll, oder die Grillhütte, die ich im Garten errichten will und im Winter als Sauna nutzen kann. Das alles steht auf meiner Liste. Als Überschrift, quasi wie ein Damoklesschwert, schwebt die finanzielle Zukunft, die geklärt werden muss und natürlich mein Leben mit meiner Krankheit.

Aber ist es auch noch so vage, wie meine Zukunft verlaufen wird, so kann ich jedem in einer ähnlichen Situation nur zum Träumen raten. Ja, Träumen bedeutet noch nicht ganz aufgegeben zu haben. Sich noch ein Stück vom Lebenskuchen holen zu wollen, ungeachtet der Tatsache ob es gelingt oder nicht. So sitze ich in meinen Träumen oft in einem 68er Ford Mustang. Der V8-Motor blubbert sonor und beim Betätigen des Gaspedals faucht er wild und ungezähmt. Er hat helle Ledersitze und ist in mattschwarz lackiert. Der Chrom blitzt in der Sonne, wenn ich mit ihm unterwegs bin. Es ist fast so, wie auf einem Drachen zu fliegen. Frei sein und unbändige Kraft unter sich spüren. Irgendwann ist es soweit.

Gedanken zum Schluss…

…Was hat es mir bis jetzt gebracht, dass ich diesen Weg gegangen bin?

Da sind die unzähligen Situationen, die fremd und unbekannt auf einen normalerweise fest im Berufs- und Familienleben stehenden Menschen wirken. Der Klinikaufenthalt, die Therapeutengespräche, die Reaktion derer, die mit dieser Erkrankung noch immer nichts anfangen können.

Es sind aber im Besonderen die vielen tiefgehenden Momente, die aus dem Öffnen und dem Sprechen über mich oder über die Situation eines Mitpatienten hervorgegangen sind. Oft ist es so, dass nach einem tiefen Tal, das irgendwie kein Ende zu nehmen scheint, dann doch das nächste, lang herbeigesehnte Gipfelerlebnis kommt. Ohne das vorangegangene Tal durchwandert zu haben, wäre ich niemals zu diesen Höhepunkten in meinem Leben gekommen, oder hätte die vielen tollen Menschen getroffen.

Und da ist das Buch, das nun fast fertig vor mir liegt. Auch ohne eine Veröffentlichung oder einen Plan, es irgendwann einmal zu tun, hat mir das Niederschreiben der vielen Ereignisse vom ersten Tag an geholfen. Natürlich kostet es Kraft, immer, wenn ich mich in der Lage dazu gefühlt habe, wieder einige Seiten zu Papier zu bringen. Dann, Monate später, warteten die Aufzeichnungen darauf ins reine geschrieben zu werden. Gerade beim Schreiben am PC merkte ich, dass meine motorischen Fähigkeiten nicht in Funktion sind. Fast jedes zweite Wort schreibe ich verdreht, falsch oder sonstig fehlerhaft in das Textverarbeitungsprogramm. Dann folgte das mühsame korrigieren. Nach einigen Seiten ist mein Akku entweder leer, oder die Erinnerungen an das gerade Gelesene und neu Verfasste fesseln und beschäftigen mich erneut für viele Stunden. Oft für Tage.

Und dennoch, wenn ich jemandem etwas raten darf, und mit guten Ratschlägen wollte ich mich bewusst zurückhalten, dann dies. Schreiben sie, wenn sie können, Erlebnisse, Begebenheiten, Zusammenbrüche und Gefühle auf. Egal, ob sie sich seltsam dabei vorkommen, vielleicht seit vielen Jahren das erste Mal wieder so etwas wie ein Tagebuch zu führen, machen sie es. Schreiben ist Therapie! Und kostenlos dazu. Ein Krankheitsbild wie die Depression führt sowieso dazu, sich wieder und immer wieder mit bestimmten Szenen gedanklich auseinanderzusetzen. Da können sie auch einen Stift nehmen und alles auf Papier bannen. Da steht es erst einmal und plagt sie nicht mehr. Ich vergleiche es manchmal, mit dem sich übergeben müssen, wenn man etwas Verdorbenes gegessen hat. Der Vorgang an sich ist wohl nicht sonderlich angenehm, aber es schützt den Körper davor, zu vergiften.

Eine große Traurigkeit treibt mich, nun da ich die letzten Zeilen schreibe, um. Traurigkeit darüber, dass wieder etwas vorüber ist. So wie der letzte Tag eines vierzehntägigen Urlaubes immer von sentimentalen Gedanken beherrscht wird, so geht es mir ähnlich.

Irgendwo habe ich einmal gelesen, man solle mit einem Dankeschön beginnen und mit einem Dankeschön enden. So will ich es gerne halten, denn es gibt viele, in diesem Buch nicht erwähnte Personen, denen ich von Herzen danken möchte. Zum einen den Mitpatienten meiner Kerngruppe in der Parkklinik Heiligenfeld. Ich hoffe, dass wir weiter in Kontakt bleiben. Dann natürlich den vielen, lieben Menschen, die für mich in dunklen Stunden in der Klinik da waren. Den Therapeuten, dass sie in einem so großen Räderwerk, wie es eine Klinik eben ist, doch manchmal den Menschen hinter der Krankheit sahen. Und natürlich meiner Familie und meinen Freunden.

Uns allen, die wir uns getraut haben, sich dieser Krankheit zu stellen, wünsche ich, dass unsere Bemühungen irgendwann zu einem guten Ergebnis führen werden. Denen, die aus Scham oder falschem Ehrgeiz, wissend, dass sie mit ihrer Kraft am Ende sind, noch nicht den Mut gefunden haben, sich in die Hände eines Arztes zu begeben, wünsche ich von ganzem Herzen, dass sie sich an diesen großen Schritt heranwagen. Und natürlich darf auch ein Ratschlag aus meinem alten Leben nicht fehlen. Bitte sichern sie sich richtig ab! Das ist durchaus ernst gemeint, denn ohne eine ordentliche Kranken- und Berufsunfähigkeitsversicherung, bricht die finanzielle Welt schnell zusammen. Dann ist man krank UND mittellos. Ich möchte sie ausdrücklich motivieren, ihre Absicherung von einer Person ihres Vertrauens durchschauen zu lassen und in den wichtigsten Menschen auf Erden zu investieren. In sich!

Wie es mit mir weitergeht, kann ich nicht sagen. Aber es geht weiter. Schritt für Schritt. Manchmal auch einen Schritt zurück. Ich glaube fest daran, dass sich irgendwo eine Türe öffnen wird und auch ich meinen Lebenssinn wieder finde. Denn ohne Sinn und Freude ist alles nur ein Tag, noch ein Tag und noch ein Tag. Dann vergisst du die Tage zu zählen und das Leben läuft an dir vorbei. Aber jeder von uns hat das Recht, selbst mit dieser Erkrankung, daran teil zu nehmen.

Ich hoffe, sie konnten durch meine Aufzeichnungen etwas gewinnen. Einsicht, für diejenigen, die (wie ich) mit psychologischen Dingen nichts am Hut haben wollten. Oder Mut. Mut und das Wissen, dass selbst die dunkelsten Tage und Nächte irgendwann vorbei sind.

Ich werde, angelehnt an das Gedicht „Der Panther“ von Rainer Maria Rilke nun schließen.

Der Patient

Sein Blick ist vom Verzehr der Pillen
so müd geworden, dass er nichts mehr hält.
Ihm ist, als ob es tausend Pillen gäbe
und hinter tausend Pillen keine Welt.

Der müde Geist, einst stark und frei,

sich im immergleichen Kreise dreht,
reigt sich im Tanz um eine Mitte,
in der betäubt ein großer Wille steht.

Nur manchmal schiebt der Vorhang der Pupille sich
lautlos auf. Dann geht ein Bild hinein,
geht durch der Glieder angespannte Stille -
und hört im Herzen auf zu sein.

Alles Gute, das wünsche ich ihnen von ganzem Herzen!

tredition®

www.tredition.de

Über tredition

Der tredition Verlag wurde 2006 in Hamburg gegründet. Seitdem hat tredition Hunderte von Büchern veröffentlicht. Autoren können in wenigen leichten Schritten print-Books, e-Books und audio-Books publizieren. Der Verlag hat das Ziel, die beste und fairste Veröffentlichungsmöglichkeit für Autoren zu bieten.

tredition wurde mit der Erkenntnis gegründet, dass nur etwa jedes 200. bei Verlagen eingereichte Manuskript veröffentlicht wird. Dabei hat jedes Buch seinen Markt, also seine Leser. tredition sorgt dafür, dass für jedes Buch die Leserschaft auch erreicht wird

Autoren können das einzigartige Literatur-Netzwerk von tredition nutzen. Hier bieten zahlreiche Literatur-Partner (das sind Lektoren, Übersetzer, Hörbuchsprecher und Illustratoren) ihre Dienstleistung an, um Manuskripte zu verbessern oder die Vielfalt zu erhöhen. Autoren vereinbaren unabhängig von tredition mit Literatur-Partnern die Konditionen ihrer Zusammenarbeit und können gemeinsam am Erfolg des Buches partizipieren.

Das gesamte Verlagsprogramm von tredition ist bei allen stationären Buchhandlungen und Online-Buchhändlern wie z. B. Amazon erhältlich. e-Books stehen bei den führenden Online-Portalen (z. B. iBook-Store von Apple) zum Verkauf.

Seit 2009 bietet tredition sein Verlagskonzept auch als sogenanntes "White-Label" an. Das bedeutet, dass andere Personen oder Institutionen risikofrei und unkompliziert selbst zum Herausgeber von Bücher und Buchreihen unter eigener Marke werden können.

Mittlerweile zählen zahlreiche renommierte Unternehmen, Zeitschriften-, Zeitungs- und Buchverlage, Universitäten, Forschungseinrichtungen, Unternehmensberatungen zu den Kunden von tredition. Unter www.tredition-corporate.de bietet tredition vielfältige weitere Verlagsleistungen speziell für Geschäftskunden an.

tredition wurde mit mehreren Innovationspreisen ausgezeichnet, u. a. Webfuture Award und Innovationspreis der Buch-Digitale.

tredition ist Mitglied im Börsenverein des Deutschen Buchhandels.